河出文庫

隠し事

羽田圭介

河出書房新社

目次

隠し事

1

仕事の予定が一件キャンセルとなり久々に定時で帰ろうと思ったが、その前に一階上の23階喫煙室へと足を運んだ。同期の小橋礼子の姿がないことに気づくと、上司に見つからぬようそのまま退社した。1階エントランスで背の高い女に目がいったが、小橋ではなかった。三月末でも相変わらず寒いが、この時間だと少し陽が残っている。最寄り駅へ着いてから弁当を買いにコンビニへ入りかけたが、そのまま通り過ぎた。マンションへ帰宅し掛時計を見ると午後七時過ぎで、いつもより二時間以上早かった。

部屋のドアを開けるとリビングから明かりが漏《も》れている。空き巣狙《ねら》いかと一瞬身体に力が入るが、漏れ出る光でわずかに照らされた玄関のたたきの、パンプスへ目がとまった。意外なことに、今夜も遅いと思っていた茉莉《まり》の帰宅の方が先だった。見慣れた小さなパンプスの横に自分の革靴を並べ、シャワー音のする浴室の引き戸を半分だけ開け大きな声で「ただいま」を言い、引き戸を閉めそのまま廊下を進む。リビングに入ると暖かく、エアコンがついていた。茉莉と暮らすこの部屋へ先に帰ると、暗く冷えているのがこの頃の常であったせいか、いつもの部屋と違って見えた。２ＤＫの間続きになっている和室で部屋着に着替え、冷蔵庫から発泡酒を取り出しソファーに腰掛けた。

テレビを点けプルタブを開けた直後、音と光が同時にたちあがった。目前にあるローテーブルの上、充電スタンドにさしこまれた茉莉のケータイが、何かを受信していた。

明るい曲調の着信メロディー。茉莉がマナーモードにしていないとは珍しかった。ガラス天板のローテーブルに伝わり増幅されるバイブもうるさく、ただならぬ原始的な振動音にどうしても注意が向けられてしまう。

こんなに堂々と、目に付く場所にケータイを置かれては無理もない。茉莉はいつもケータイを肌身《はだみ》離さず持ち歩くか鞄《かばん》の中へしまっている。少し身を起こし気味にしただけで、サブディスプレイにスクロール表示される文字が見て取れる。するつもりはなくとも、自らの存在を突如として誇示してくるケータイの力には逆らえない。

どうせ僕の知らない差出人からの名前が表示されているとあてこんでいるとメールアドレスが英数字のまま表示され、クーポンメールの類《たぐい》かと判断し目を離しかけた際、アドレスに続き表示された日本語が目に入り、思わず二度見した。

……co.jp〈渡辺　健太〉

数秒間にわたる差出人表示は消え、かわりに通知ライトだけが時折点滅した。

「渡辺健太」とは、久々に目にする名前だった。大学時代の僕のクラスメイトで、よく行動を共にしていた。そんな彼と学年も学部も異なる茉莉の絡《から》みは在学当時一切なかった。だが彼女がネット広告の会社に就職してすぐ、同じく広告業界で働いていた渡辺と同業者間の大きな飲み会で会ったとは聞いていた。たしか彼女が就職した年、僕が社会人生活三年目を迎えた春であったから、もう三年も前のことである。

極力、意識しないようにはした。

しかし茉莉のケータイへ意識が引っ張られる。湧いてくる興味に、あらがいようがなかった。むしろ、それを無視してしまうことのほうが不自然といえた。

持っていることを一瞬忘れていた発泡酒をローテーブル上に置きテレビを消した。消したとたん、あらゆる些細《ささい》な音を耳が拾いだす。ドアを挟んだ先にあるバスルームからはシャワーの音が止んでいた。茉莉がいつから風呂へ入っているのかはわからない。僕が帰宅してから一〇分近くが経っていた。音のしない今は湯船に浸《つ》かっているか、身体か髪を洗っている最中か。仕上げのシャワーで身体を流し着替えて出てくるまで少なくとも一〇分近くはかかる。大学時代から七年も付き合い二年も同棲していればそれくらいわかった。ここ二ヶ月ほど彼女が積極的に外出しているのも単に彼女の社交性に磨《みが》きがかかっただけだ。だがかつて親しくしていた僕でさえ連絡をとっていない渡辺健太から、なぜメールが。

茉莉のケータイが放つ、通知ライトの赤い光。点滅が、僕の欲望を刺激する。

二人の間でやって良いことと悪いことの分別はついている。ただ、怪しいことなどないということを確認しておきたい。

茉莉のケータイを手に取る。手が強張《こわば》ったが、開閉式のケータイを開くくらいどうということもないだろうと思い直した。

開いた。

ピンクゴールド塗装《とそう》の本体中央に、ピンクの保護フィルムが貼られた液晶ディスプレイ。待受け画面に設定されているのは、茉莉の実家で飼われているというセントバーナードのデジタル写真。僕の側にいる時も茉莉はケータイを操作してばかりいるため見慣れた画面ではあったものの、自分で開いてみると、不穏な感じがした。「新着メール1件」という画面上端の表示も、下手にキー操作をすれば消えてしまう。表示が消えればそれは僕がこのケータイを手に取り開いたということの十分な証拠となる。極力フチ部分を持つように僕はケータイを握り直した。これ以上のボタン操作はできないため、届いたメールがあの渡辺からのものであるのかすら確認できない。

洗面器を床のタイルに置く音に気づいた。最初耳にしたシャワー音から経過時間を判断するかぎり、長風呂の茉莉にしては切り上げるのがかなり早い。反射的にケータイを閉じると同時にローテーブル上の充電スタンドにさしこみ、再びテレビを点け台所へ向かった。ヤカンに水を入れガスコンロにかけた時点で、茉莉がすぐ上がるわけでもないと思い直す。ただどちらにしろこれ以上ケータイを操作することは得策でなかった。

台所で発泡酒を立ち飲みしながらテレビを観ていると、バスルームのドアが開けられる音がした。早い。耳を澄まし、次に茉莉がどう行動するかの予測もできていたにもかかわらず、身体が強張る。通知ライトを点滅させているケータイの前で何も目にしなかったという演技をする自信のなかった僕は、とっくに沸いていた湯で茶を淹《い》れた後も台所にいた。

ドアを開け入ってきたのは茉莉だった。当たり前のことを視認し、なぜかよけいに緊張している自分がいる。スウェットを着た茉莉は頰《ほお》を赤くさせていた。彼女はそのまま居間のソファーに座り、赤い点滅光を放っているケータイを手に取った。細く血色の良い指でキー操作するその細かい所作にも、僕は真剣に見入った。どういうわけか、リビングへ戻ってきた茉莉の注意は最初からケータイへ向けられているようであった。

「…………」

ケータイを開いた茉莉がただ黙っているのではなく、意識的に何も声を発さずにいるのが、立ったままの後姿でわかった。

渡辺と連絡とってるの？　そう口にしようとするも、できない。どうして、と問い返されれば、サブディスプレイに映った名前を見たからだと言わなければならなくなる。「誰から？」と訊《き》きたかったが、今度は疑っている心を彼女に知られてしまう。その上、人を疑うのは自分にもやましいことがあるからだと思われても困る。急須と二つの湯飲みを持った僕は牽制《けんせい》のつもりで茉莉の背を目で捉《とら》えながらソファーへ唐突に歩み寄り、右隣の席へ回りこんだ時には逆に彼女からの視線を感じていた。

「メールがきてたみたいだよ」

着信が、ではなく「メールが」と言い切った僕に対し、茉莉の呼吸が一瞬止まった。

なぜ、渡辺からメールが来た？

その一言さえ訊けば終わる。そういう状況に自分はいると理解していながらさらに言いよどんでいると、茉莉がケータイのサブディスプレイをスウェットの生地《きじ》でふきながら怪訝《けげん》そうな顔をした。刹那《せつな》のためらいはすぐに数秒の沈黙へと変わり、僕は茉莉にとどめをさす機会を簡単に、そして完全に失った。

「今日は帰りが早かったんだね、珍しい。私は喫茶店で食べて来ちゃったんだけど」

茉莉が僕の顔へと視線を向けてきたのと僕が目を逸《そ》らして湯飲みに茶を注ぎだしたのは、ほぼ同時だった。

「夕飯なら冷凍物でも食べるから大丈夫だよ。お茶、茉莉のぶん」

「ありがとう」

その一瞬だけ二人の目線は合い、茉莉は一口茶をすすると湯飲みをすぐにケータイへ持ち替え、カタカタと音を立てながら素早くキー操作をした。ボタン音が鳴っていないことに気づく。いつの間にか彼女はマナーモード設定にしたのだ。僕はテレビでやっている洋画に目を戻した。夜のシーンで、ケータイの画面に見入っている茉莉の姿が42インチの暗い画面に反射して映りこんでいた。

茉莉のケータイに渡辺からメールが届く。同じ業界内で働いていれば、珍しいことでもないだろう。

だがなぜ、その事実を隠した？

体温さえ感じられるほどすぐ近くにいる茉莉本人に、機を逃した僕が今さら直接尋ねられるはずもなかった。この共同生活において、隠し事はなしにやってきた。テレビがＣＭに切り替わった際、僕は自分のケータイを隣部屋から取ってきた。茉莉の横に座りながら、適当にキーを操作した。

「小澤氏からメールが届いてた」

ケータイから目を離さぬまま言う茉莉。動揺を隠しつつ、僕は形ばかりうなずいてみせた。

渡辺健太、からのメールだろ？

そう訊きたかった。小澤氏からもメールは届いたのだろうか。彼女が高三の頃から大学一年時まで付き合っていた元カレ小澤氏のことは僕もよく知っている。美大卒でアーティストを目指したあげく、今は焼き鳥屋で正社員として働いている僕より八つ上の三五歳。大学時代、小澤氏との恋愛関係について相談を受ける、という口実で夜な夜な茉莉に会い、僕は交際までこぎつけた。七年も前になる。だがさっき僕がサブディスプレイに見たのは、小澤氏ではなく渡辺健太の名だ。ケータイを閉じた茉莉は音を立てながら茶をすすり、すぐにローテーブルへ湯飲みを戻した。そんなどの所作も普段となんら変わらぬ自然なものだ。首筋は火照《ほて》り、スウェットの襟首《えりくび》部分にはわずかながらも汗じみができている。彼女が湯飲みをガラス天板のローテーブルに置く際、掌《てのひら》の接した部分に湯気が張り、すぐ消えた。

隠し事はやめようと、互いに了解してやってきた流れで言えば、彼女にケータイの開示を求めても問題はない。ただ、自分がそれをしないことはわかっていた。だいいち茉莉が何かを隠したとはいえ、彼女自身が後ろめたいことをしているとは考えにくい。渡辺に下心があることは間違いないだろうが、茉莉の方は迷惑してるかもしれない。ふと、ローテーブル上に置いた自分のケータイはどうだろうと気になった。見られてマズいものは何もない。そもそもこのマンションのフラットな部屋に何かを隠したくても、そんなスペースはない。

ベッドへ入り消灯してからも、茉莉はいつものようにケータイを操作していた。

また渡辺からメールでも届いたか？　気にはなるが、わずかな猜疑心《さいぎしん》に心乱されるのもどうか。寝てしまうのが一番いい。

なかなか深く寝つけないまま気づくとあおむけ姿勢で目が覚めた。まだ朝でないということだけはわかる。少し遅れて下腹部の尿意に気づき、いつものように再び寝入ってしまおうとするも、妙に目が冴《さ》えていった。目覚まし時計の蛍光文字盤を見ると午前一時半。いつもより多く摂取したアルコールの利尿《りにょう》作用がはたらいたか。二度寝もできずそっと横を向き、茉莉の様子をたしかめる。向こう側を向いて寝ている彼女の呼吸はかなり深いもので、時折細かく脚が動いた。そういえば眠りにつくまでも、僕はずっと茉莉のケータイのことが気になっていた。

確認してみる、か。

僕はすぐさま目だけで茉莉のケータイを探し始める。やはり暗い。音を立てないよう慎重に頭を動かしじっと見ていると低反発枕と頭板《ヘッドボード》の隙間《すきま》にピンクゴールドのボディーがようやく浮かび上がる。いったん意識してしまうと、さきほどより闇が深さを増した。豆球一つ点いていない部屋の暗さに目は少しずつ慣れてきているはずなのに、茉莉の様子も見えづらくなったように思える。マナーモードにしてあっても夜中に彼女のケータイに着信があると僕はたまに起きてしまうが、茉莉本人は起きる気配を見せない。それを思えば、少々の物音くらい大丈夫なはずだ。上半身をほとんど動かさず腕だけ枕と頭板の隙間にのばすと、茉莉のケータイをそっと握った。彼女に何もやましいことなどないのはわかっているが、一抹《いちまつ》の不安を消しておきたい、ただそれだけだ。渡辺健太からのメールが本当に来ていたのかどうかだけ確認できればもうそれで終了だ。

握ったケータイを開きかけ、漏《も》れ出た光のあまりの明るさに臆しすぐに閉じる。しかしサブディスプレイの明かりは消えないままで、時刻表示のための明るさだけではっきりと茉莉の寝顔の陰影が浮かび出た。起きてしまう。あわててサブディスプレイを手で覆《おお》い、掛布《かけぶ》団《とん》の中へ潜《もぐ》ってそっと開く。なんというまぶしさだ。やはりもう元に戻そうか。だが、暗闇の中で正体を垣間《かいま》見せた怪しい光をもっと探りたくて、ディスプレイをほとんど茉莉の背に重ねるようにして横向きのまま見てゆく。今まで僕が所持したことのないメーカーの機種で操作方法に最初戸惑ったものの、ケータイというツールにさして違いはない。待受け画面には再びセントバーナードの写真。

のせていた親指にほんの少しだけ、力を加えた。

文字盤左上にある手紙マークのボタンを押すと、メールの操作画面が表示された。

上から受信ボックス、送信済みボックス、新規メール作成、下書きボックス、未送信ボックス、新着メール受信と中身の見えない箱が並んでいる。動物の写真から無機的な操作画面への落差は大きく、自分がたしかに他人のケータイへと侵入してしまったことを実感させられる。僕の親指はクリアボタンの上にあった。このボタンを押し待受け画面へ戻り、そのままケータイを元あった場所へ置く。それがベストなはずだ。理性は安全圏へ戻るべきだと警告するが、指は好奇心が支配している。反転表示されている「受信ボックス」を選択したまま、慣れない十字キー中央の決定ボタンを押した。

表示されたのはいくつかのフォルダで、メールそのものが表示されなかったことに僕はいくらか安心していた。フォルダ名をそれぞれ見ると、一番上が赤色の「メインフォルダ」。その下に、「会社」「ゼミ・クラス」「サークル」「品女」「ＪＡＸ」「地元」と白色が続く。渡辺はどのフォルダに属しているだろうか。「メインフォルダ」か「会社」である可能性が高い。どちらから開こうか考え、「メインフォルダ」を選択する。

決定ボタンに指を置いたまま、僕はうしろめたさを感じていた。茉莉は寝ているというのに誰かに見られているような感覚がつきまとう。しかしそんなためらいよりやはり好奇心が上まわった僕がボタンを押すと、メインフォルダが開いた。ロックはかけられていなかった。

タカさん、鈴木、tome@ma、鈴木、info@md、鈴木、鈴木、阿部恵子、佐藤芳子、近藤さん……

しかし、メインフォルダに「渡辺健太」の名やそれっぽいアドレス表示はない。一通だけ届いている「タカさん」という差出人が気になったが、それが元カレの小澤氏であることにしばらくして気づいた。受信時刻は「19:22」。小澤氏からメールが届いたのは本当だった。小澤氏の焼き鳥屋に二人して足を運んだ時、茉莉は彼のことを「タカちゃん」と呼んでいた。僕との会話では「小澤氏」と呼び、文字にする時にはタカさん、という別の呼び方があるようだ。人の印象は呼び名で変化する。秘密の呼び分けがあるということは、他にも色々な秘密があるのではないか。本文を開いてしまおうか。しかしさすがにそれはためらわれた。他人宛に届いたメールを読むのはタブーだろう。そのかわり、「鈴木」とだけ差出人表示のされているメールに目がとまり、これならと思い、開いた。

〈安かったらまとめ買いしておくよ。〉

昨日の会社帰りに僕自身が送信したメールだった。自分で打った文面なのにもかかわらず、茉莉のケータイから読むとなぜか奇妙な気分になる。僕の使っているケータイと違い、文字のフォントが丸みを帯びサイズも大きいせいだろうか。ピンクの保護フィルター越しに読むメールは文字化けしているわけでもないのに、見知らぬ人間から送られたように感じる。

「鈴木」のメールを開いたことで一瞬他のメールも開けられそうな気にはなったが、さすがにできなかった。ともかく本来の目的である渡辺からのメールを探そうと、メインフォルダをスクロールでたどり一周しても見つからず、フォルダ画面へ戻ると続いて「会社」フォルダを探し、関係なさそうな残りのフォルダすべてを調べてみたものの、「渡辺健太」の名前もあのメールアドレスも結局見つからなかった。送信ボックスを見ても返信した形跡はなかった。

消した、のか?

元カレである小澤氏からメールが届いたことはあえて口にした彼女が、なぜ同じ広告業界にいるというだけの間柄である渡辺からのメールについては隠したのか。

茉莉が寝返りをうちこちらを向いた。我に返ると危険を感じ、寝息を聞きながらピンクゴールドのケータイを元あった場所にそっと戻す。ボディーから手を離した瞬間、自らがやってしまった行為の危うさを今さらに実感した。はたしてこんな近くであれだけの作業をして本当に茉莉に気づかれずにすんだのだろうか。後姿しか見えていなかった彼女が寝ているフリをしていなかったという確証はない。物を隠すスペースさえないこの部屋に、隠し事が一つ生まれた。

否、二つ、か。茉莉は一通のメールを隠し、僕は盗み見という行為を隠した。

昨夜一度目にしただけのメールアドレスと送信者名が、いまだはっきりと頭に残っている。

2

渡辺健太など、よくある名前だ。それに単なる見間違いという可能性もある。そう思いはするも実際のところ、忙しく営業回りをしていた日中も常に頭の中で文字がちらついて困った。視覚情報としてそのまま脳に焼き付いたという感覚に近い。今使っている自分のケータイのアドレス帳を確かめたが、渡辺健太の連絡先は登録されていなかった。やはり同姓同名の別人、もしくは見間違いだろうか。

やっと26階建ての本社ビルへ戻り、エレベーターホールで次発を待つ。自社ビルの22階から24階までという高層階にオフィスを設けているために、夕方のこの時間帯だと四基の高速エレベーターをもってしても目的階へたどり着くのに五分近くかかる。七時半から始まる会議まで少し時間ができたので、22階から24階の三フロア中唯一設置されている23階喫煙室へ向かう。國松次長や田中係長といった上司たちがいないのを視認しつつ、数人いる喫煙者たちの中に同期の小橋礼子の姿を見つけ、近づいていった。社内でも喫煙者は激減しており、女性社員で吸っている者はもう彼女を含め数人しかいない。そして小橋が喫煙者でいてくれて良かったと思う。ガラス張りの喫煙室の窓側のブラインドはおろされたままで閉塞《へいそく》感がある。そんな空間で煙草を吸うパンツスーツを着た長身の小橋には、どこか凛々《りり》しささえ感じる。これから小さな会合に参加するという彼女は数日前まで羽織っていたコートを身につけていなかった。

僕らの勤める医療器具メーカーは全国に支社をもち転勤も伴うが、僕は入社一年目に半年間福岡に配属されただけですんだ。この春も転勤を怖れたが、幸いなかった。同期入社の約三〇人中、こんなにも長く東京に配属されているのはごく数人だった。そのうちの一人、小橋礼子は頭が切れ、なおかつ打たれ強かった。今日も江戸川区エリアをまわってきたはずで、彼女は取引先であるどの病院でも評判が良かった。

「鈴木とこの時間帯にダべれるのも、来月からは減るかもね」

営業部、総務部、再度の営業部と経験を積み重ねてきた彼女は、四月から広報部へと異動になる。二七歳の優秀な女性社員が担当する仕事として、適任すぎるくらい適任といえた。コートを着ていないと、上背のある痩身《そうしん》はいっそう際立つ。小橋はつい先月別れたばかりの男への悪口を表情豊かに話し出した。彼女がフリーであることをつい嬉しく思ってしまう。ここ一ヶ月ほど喫煙室へ来るのを楽しみにしてしまっているのは、そのせいもあるだろうか。

「一年前から付き合いだした男のために、九年前から吸ってる煙草をやめられる?」

小橋には茉莉を会わせたことがある。関東近郊にいた同期入社組で飲んだ折、ひどく酔い潰《つぶ》れた僕が茉莉を呼んだのがきっかけだった。その後何度か三人で食事もした。僕としても社内でわりと親密な間柄《あいだがら》である小橋のことを、茉莉に知っておいてもらいたいという思いがあった。隠し事と捉《とら》えられかねないことこそおおっぴらにしておきたかった。

「ゆうべ、ちょっと気になることがあってさ」

「なに?　珍しいね」

「茉莉が、何か隠しているっぽいんだよね」

僕は昨夜茉莉が見せた些細《ささい》な不審行動を小橋に話した。

「まあおおかた、変な男からメールで口説《くど》かれて、誤解を招かないようにそれを隠しているだけだとは思うんだけどさ」

「だったらそれでいいんじゃない」

僕はうなずけなかった。

「サブディスプレイに名前とアドレスが表示されたなんて、見間違いかもよ。鈴木が、茉莉ちゃんの浮気を疑うあまりにそう見えちゃったんじゃない」

「茉莉が浮気なんかするわけないし……まあ、もちろん人間も動物だから、本能に惑わされて間違いを犯すことくらいあるよ。ましてや、七年も付き合っているんだからそれも想定内」

「本当に？　じゃあどうしてそんなに気になるの？」

「いや、気になってるわけじゃなくて、互いの信頼関係を……ねえ、その」

「信頼関係……つまり、確認したいわけだ」

「そう、確認。互いに隠し事のない関係だからね、うちら」

「付き合ってても隠し事くらいするでしょう」

「いや、互いに秘密を持たないから、七年もうまくやってこれたんだよ」

僕の言葉を聞き大げさに眉根《まゆね》を寄せる小橋という同期の女が、やけに魅力的に見える。彼女を口説きたいと思っていたのは入社直後のことであるからもう六年近く前であるが、相手に気づかれぬうちに諦《あきら》めただけでその欲望自体は僕の中でくすぶり続けていたのか。彼女が男と別れたという一ヶ月くらい前からなにかと喫煙室で立ち話するようになった。吸い切ったマイルドセブンを小橋が灰皿に捨てたところで、僕は自分の箱から一本差し出した。吸っている銘柄《めいがら》は同じで、そういえばそんなことまで茉莉には話してある。だが今日ここで交わしている会話の内容は、茉莉に話すつもりはない。

「悪いね、鈴木の大事なお小遣いからもらっちゃって」

「うち、お小遣い制じゃないから。今のところ、家賃と水道光熱費だけは折半《せっぱん》だけど」

二人とも互いの金の使い方についてそれ以外は干渉しない。

「ところで、頭に焼きついたメールアドレスっていうのは、確かなものなの?」

ああ、そう返事をしながら僕はボールペンで煙草の箱にアドレスを記した。それを見た小橋は爆笑した。

「本当に覚えてたんだ。よっぽど、鈴木にとってはショックな出来事だったんだね」

「ショック?」

「ストレスを感じるような状況下で起こった出来事って、強い記憶として残っちゃうんだって。英数字の羅列《られつ》なんて、普通だったら数秒で忘れちゃうはずでしょ。……ってこのウンチク、昔鈴木から聞かされたんじゃなかったっけ。ところで、その時に覚えたアドレスがワタナベなんちゃらのものであるって、ちゃんと確かめた？」

「いや……。確かめようがないし」

「大学時代に使ってたケータイならまだ手元にあるでしょ」

九時にやっと仕事を終えた帰りの電車内、網棚に写真週刊誌を見つけ手に取った。家へ持ち帰ろうか迷ったが、共同生活の舞台であるあの狭いマンションには隠し場所どころか収納場所がほとんどない。どうせ隠せない物はあの場に持ち込まない方が精神衛生上いい。

ほぼ一〇時に帰宅しても、部屋に茉莉はいなかった。金曜の夜、仕事が長引いているか、もしくは職場の人たちと飲んだりしているのだろう。リビングのソファー、ローテーブル、テレビ台、二人用ダイニングテーブルとスツール、間続きになっている和室のダブルベッド、チェスト、ハンガーラックと、必要最低限の家具しか置かれていない2ＤＫの部屋には自分の机や部屋があるわけでもなく、鞄をなんとなくの定位置であるチェスト横へ置く。

　風呂上がりに和室の押入の下段から四角いブリキ缶を取り出し、ふたを開くと中から何世代も前のｉＰｏｄが出てきた。ある女との距離をなんとなく縮めてゆくのを楽しんでいた福岡赴任《ふにん》時代の空気の感触が、一気に甦《よみがえ》る。五年前のあの半年間、東京に彼女がいることを、現地の人間には男女問わず誰にも話さなかった。親しくなるための口実として、空の状態で女に渡し、おすすめの選曲で二ギガのメモリーを三分の一ほど埋めてもらい、そのままになっていたものだ。むこうに気持ちがあったのか、そもそも付き合っている彼氏がいるのかも訊かないまま疎遠になったという記憶自体はとても甘美なものとして残っているが、このｉＰｏｄは違う。ふだん音楽は聴かないし、聴くとしてもクラシックやテクノなどのインストだけという僕の片寄った音楽嗜好《しこう》に反し、このｉＰｏｄの中には当時の流行りのＪポップが、それも女性シンガーの曲ばかり入っていた。メッセージの共有を求めるようなその歌詞や歌い方からして僕の選曲でないことくらい茉莉ならすぐわかるはずで、そんな違和感だらけの物を今までよくこんなわかりやすい場所へしまっていたものだ。どこかに隠さねばと思うが、まったく思いつかない。とりあえず転送ケーブルと一緒にスウェットのポケットへ入れておく。そして用途もわからないリモコンや電池をかき分け缶の中から以前使っていた二機種前のケータイを取り出した。ガンメタリック塗装が所々剝《は》がれ落ちグレーの下地が見えてしまっている古いケータイと充電器を取り出すと、居間のコンセントへつないだ。ソファーに座り、古いケータイの電源を数年ぶりにオンにする。

大学入学時から三年時まで使用していたこのケータイのアドレス帳には、各人の詳細なデータが入力されてある。大学という新生活が始まるのが嬉しくて、登録アドレスが一件増えるごとに、自分の人生の可能性が広がってゆくように感じていた当時を思い出した。次の機種に買い換える際に、機種変更より安く済む新規契約の方を選んだため、このアドレス帳データはそれ以後の二機種には引き継がれていない。新しいケータイには以後も連絡をとる可能性のある人のアドレスだけ、手打ちで登録していったのだ。二年以上連絡をとっていない人のものは次々と消去してしまっている今となっては考えられないが、このケータイには四〇〇件近くものアドレスが登録されていた。「あ」行からしばらく順にスクロールさせてみると、忘れていた懐かしい名前をいくつも思い出した。大学一年の頃にはよく飲み歩いた友達、新木場のクラブで知り合ったブラジル人、元カノの双子の妹、バイト仲間……当時の僕の世界を構成する人物たちといっていい彼らのことを、まだ二〇代後半でしかない自分がたった七、八年で忘れてしまっていた。

ようやく「わ」行にたどりつくと「渡辺健太」の名前があった。クリックすると、電話番号、メールアドレス二件、それに住所や誕生日、血液型まで表示された。

メールアドレスは二つ登録されていた。一つはケータイのアドレス。もう一つはPCのアドレスらしかった。昨夜記憶した英数字はそのPCの方と一致していた。

九年ほど前に渡辺より教えられた彼のPCのメールアドレスはまだ生きていて、そこから昨夜茉莉にメールが送られたという事実は妄想ではなかった。スマートフォン利用者ならこのアドレスをケータイメールのように使ってもおかしくはない。

まだ生きているとわかった渡辺のメールアドレスをクリックし、メール作成画面にする。

〈久しぶり！　最近なにしてんの？〉

そう打ち込んでみる。なんとなく「送信」ボタンを押してみるがもちろんどこにもつながらない。しかし、そのことになぜか少し安心した。奇妙な感覚だ。僕と渡辺の関係やこのケータイも既に過去のもので死んでいるにもかかわらず、一つのメールアドレスだけがただ生き続けている。ふと、共同の収納場所にしまっていたこの古いケータイの中を、茉莉が勝手にのぞいたことがあるかと考えてみた。さっきポケットに入れたｉＰｏｄを缶に戻そうかとも思ったが、なんとなく躊躇《ちゅうちょ》して転送ケーブルにつないでみる。電源を入れてすぐイヤフォンを耳に入れ再生させると、女性シンガーの甘えた感じの歌声が当時のままに聴こえた。当然デジタルデータは劣化するわけもなく、早送りで色々な曲のイントロだけ聴いているうちに当時の思い出に浸れたが、こんな怪しい選曲の音楽プレイヤーは缶の中へ戻すに戻せない。かといって捨てたり中のデータを全消去する気にもなれない。男としての欲望を具体的には何一つとして実現させたわけでもなくもちろんこれから連絡をとるでもない女に選曲してもらった携帯音楽プレイヤーに、なぜこんなにこだわるのか自分でもわからない。とりあえずこの部屋に置いておくのはマズいと鞄の中へ移し、古いケータイは缶ごと押入にしまうと、自分のケータイの中にあるメールを軽くチェックしていった。読まれたらなんとなく嫌だと思うものだけ六通ほど削除してみたが、今の自分の行為が、「隠し事を消した」のか「隠し事を作った」のかどちらなのかわからなくなった。

コンビニ弁当と発泡酒のいつもの夕食にする。テレビのクイズ番組では芸人やアイドルが競って珍解答を披露しては無知をアピールしあっていた。そんな中一人だけ、時事問題で頓珍漢《とんちんかん》な解答をし周りの出演者たちから揶揄《やゆ》された中堅女優が心底不快だという顔をした。番組の空気を読まないその表情は不思議と一番まともに見えた。彼女だけが恥ずかしいことは隠そうとしている。チャンネルを替えるとそちらでは芸人たちが互いの恋愛エピソードを暴露しあい笑いをとっていた。自分のプライベートな部分くらいは自分の心中にしまっておけないものか。

茉莉が帰宅したのは一一時四五分だった。ネット広告業界も厳しくなっているらしいが、あまりにも遅すぎやしないか。たとえば同業者同士、会合と称して空き時間にホテルへ軽く休憩しに行く――だがそんなわかり易い卑猥《ひわい》なことが現実で起こるわけはない。たしかに僕と茉莉の交際も告白より身体の関係が先であったが、それは僕のことであり他の男にそれがあてはまるはずもない。彼女はリビングの調光を明るくするとバスルームへ向かったので、再びソファーに座りかけたところで、テレビ台の近くに置かれた茉莉の鞄へ不意にまた目がいった。

バスルームから聞こえる衣《きぬ》ずれの音まで、耳が拾っている。ヘアピンを洗面台に置く軽くて硬質な音、照明スイッチを押す音、蛍光灯インバーターの稼働《かどう》音、ドアを開閉する大きな音。僕は茉莉が風呂へ入ったことを確認するとすぐソファーの横に移動し、そこに置かれた茉莉の鞄の開け口をそっと広げる。シーリングライトの明かりの下、探そうとする意志より早く、目は勝手にピンクゴールドのケータイをとらえていた。鞄の中でどのような状態に置かれていたかをしっかり頭の中に焼き付け、すばやく手に取るとそのまま床に座ってケータイを開く。

着信通知灯もサブディスプレイも漆黒《しっこく》を保っている。この状態のままだと所々擦《す》り傷のあるチープなプラスチックの塊でしかない。サイドキーを押したとたん、光とともに「23:59」という現在時刻とケータイの状態を表す幾つかのマークが表示され、この小さな塊の中に隠された広大な闇の世界が一気に光となってたちあがる。こうしている間にも時刻表示は「00:00」へと変わった。茉莉が風呂のドアを開けてから三分近く経とうとしている。彼女が再びドアを開けこちらへ戻ってくるのはいつも通りなら「00:22」。

ケータイを開く。

不在着信や、新着メールを表す表示もない。マナーモード設定になっており、試しに主電源ボタンを軽く押してみても音は鳴らない。思わずまわりを見回すが、誰かが見ているはずもない。大丈夫。茉莉は入浴中で、見ているのはこの僕だけ。

「着信履歴」を新しいものから古いものへとスクロールさせていく。三分の一ほどが「鈴木」――つまり僕からの電話着信で、あとは佐藤姓のおそらく家族からのものの、残りの三分の一ほどが雑多で、女の名前もあれば男の名前もあった。スクロールの流れを止めずに一周してから、「発信履歴」も同じように覗《のぞ》いてみた。こちらも着信履歴とそう変わりばえしなかった。流し見し終えるとすぐにクリアボタンを押し元の待受け画面に戻した。今度は通話履歴を急いでスクロールする。逆向きに流そうとしたところで誤ってボタンを押し、知らない番号に発信しそうになった。危ない。この電話はいつでも外につながっているのだ。結局履歴からは何もわからず、単に僕の知らない名前や番号と、発着信した日時が並んでいるだけ。渡辺との通話履歴はやはり見つからなかった。

浴室の方から大きな音がした。もう出てきたのかと息が止まる。しかしほどなくして聞こえてきた水の音に、それが洗面器を置いただけの音だったのだとわかる。僕の聴覚は完全に過敏になっている。残り一八分。

次いでメールの操作画面から受信ボックスを開く。「メインフォルダ」「会社」「ゼミ・クラス」「サークル」「品女」「JAX」「地元」とある分類フォルダ。今さら、彼氏である僕専用のフォルダが設けられていないことに気づいた。「ゼミ・クラス」フォルダ内の「阿部恵子」のメールを選択し開いた。絵文字や顔文字の多用された文面で、いわゆる女友達によるメールのやりとりで、読んでも頭に意味を結ばない。しかし考えてみれば女友達とのメールのやりとりだと判断できる根拠は曖《あい》昧《まい》だ。なにせ他人のケータイに届いたメールの文面を盗み見するのは、人生初のことである。「阿部恵子」からの他のメールへも目を通すうち、気になるものを見つけた。

〈533けっきょくタクシーで帰ったってさ！〉

「533」は人の名前なのか。茉莉は「阿部恵子」と「533」と一緒に、「533」がタクシーで帰らざるをえない状況となる遅い時間まで何かをしていたと読むべきなのか。そのメールは昨日づけで届いていたがここ数日茉莉は零時前に帰宅しており、これはいつの日のことをさしているのだろうか。ゴヒャクサンジュウサン、533さん、あるいはゴミさんか。アドレス帳でカ行を探してみたが「五味さん」はおらずせいぜい「後藤陽平」が出てくるのみだ。関連して、フルネーム登録されているだけの「後藤陽平」が急に怪しく思えてきたが、受信ボックス内の各フォルダをざっと見ても「後藤陽平」からのメールはなかった。たったそれだけ確認するのにも、新たに三分ほど費やしてしまっていた。

〈うん、見かけたら買ってよ～♪　あと、ウチの店でも売ってるからまた来てね！〉

「タカさん」――元カレである小澤氏からのメールは昨夜届いたものに続き今日の昼にも一通届いていたが、インディーズで出すというバンドのCDの告知にとどまっていた。一昨年の夏に、高円寺の焼き鳥屋で目にした長髪で中性的な容姿を思い出す。あまり欲のなさそうに見えたあの時の印象からすれば茉莉を取り戻される心配はないだろうが、小澤氏の呼び名が「タカさん」や「タカちゃん」と変化するという事実は少し気になる。

〈了解！〉

「地元」フォルダ内、「山口」とだけ登録されてある差出人からのメールは、どうとでも読みとれ怪しかった。その前に送られてきたメールも〈19日どうする⁈〉とあるだけで、同フォルダ内の他の連中のメールを読んでもなんの案件に対する〈19日どうする⁈〉なのかがわからず、「山口」を疑った。僕は「山口」を男と決めつけていたが、「山口」が女だと意味は一変する。〈19日どうする⁈〉と〈了解！〉という文章も、どういう人物が送ったかを思い描けないと何を言おうとしているかが想像できない。

その後メインフォルダ内を去年末に届いていた六七五件目のメールまで遡《さかのぼ》り一周してみても、「渡辺健太」の名やあの時記憶したメールアドレスは見つからなかった。送信ボックスも同様だった。渡辺からどれほどの頻度でメールが届いていたのか知らないが、今のところ、その記録はすべて消去されている。

再び受信メールのメインフォルダを開いたところで、風呂のフタを閉める硬い音の後、ドアを開ける音がした。クリアボタンを押し画面を元に戻す。画面上端に表示されている現在時刻は「00:17」。推測より五分ほど早い。

靴に戻すか迷っているとドライヤーの音が聞こえてきた。もう止めなくてはと思いながらも受信フォルダへ戻りメールを新しいものから古いものへ、途中からその逆で古いものから新しいものへと速読で次々と流し読みしているうち、ディスプレイ上端に突如新しいマークが表れた。何かを受信している途中だということを表すマークだということに気づき焦《あせ》った僕はクリアボタンを連打し画面を元に戻しケータイを閉じた。直後、僕の掌《てのひら》の中でケータイがバイブし始め、思わず両手で覆《おお》うように握りしめた。

五秒にも満たなかったはずのバイブ時間に僕の心拍《しんぱく》はかき乱され、ディスプレイに表示されただろう名前を見ることができないまま、静かになったケータイをあわてて靴の中の元の位置へと慎重に戻す。動転していてもイメージは鮮明で、靴の中は元あった通りの状態になった。ただ一つ、靴の闇の中で、ケータイの放つ着信通知灯の赤い光が明滅している点が違っていた。その光のリズムは心臓の鼓動にも似ている。幸い、ドライヤーの音はまだ続いていた。音が止んでしばらくしてから、やがて部屋着に着替えた茉莉がこちらへ戻ってきた。

心臓はまだ高鳴っており、茉莉と目を合わせられそうもないためさりげなく立ち上がると洗面所へ行って手を洗った。嫌な緊張は続いていた。どっちつかずでは身がもたない。茉莉の無実を信じるためにも、僕は彼女のケータイをもっときちんと調べるしかないと思った。

3

昼休みになると急いで23階のガラス張り喫煙室へ向かった。自社ビルの22階から24階までを占有しているこの会社にも昔はそれぞれのフロアに喫煙室はあったが、現在はここ23階だけだ。非喫煙者たちが作ったルールを共有させられるのは不快だが、喫煙者同士の連帯感は強くなった。喫煙室から出てきた田中係長と入れ違いになり、反射的に頭を下げてしまったがそんな僕に係長はねばつく視線を送ってきただけで無言で去って行く。午後の営業に出かけるまで二〇分はある。幸いにして吸い終えた煙草を小橋が灰皿に捨て帰るそぶりを見せたところで、僕はあわてて歩み寄り自分の煙草を一本差し出した。断るでもなくそれを受け取り自分で火をつけた彼女と互いの営業先で昨日何があったか軽く話した後、切り出した。

「茉莉のことなんだけどさ、なんだかちょっと怪しいんだよ」

「気になるの？」

朝礼の時間以外で小橋と世間話をする機会は最近頻繁になっている。顔を知っている程度の社員が他に二人いるだけなので、あまり神経質にならなくてすむ。

「茉莉ちゃんのケータイはもうチェックしてみたんでしょ?」

「まさか」

反射的に、口から嘘が出た。

「ケータイの盗み見なんて、やっちゃ駄目でしょう」

「疑って悶々《もんもん》としてるくらいなら確認しちゃった方がいいんじゃない」

「疑ってるというか、彼女の潔白を確認できればいいかなと」

確認。後ろめたさを消してくれるいい表現だと思った。

「潔白信じてるなら、怪しいとか言わないよね。怪しいなら問い詰めちゃえばいいんじゃない」

僕は首を横に振った。

「そんなことしても、盗み読みしたこと自体を責められる」

「なに甘いこと言ってんの。自分の女が他の男と寝るのを阻止するためなら、いかなる手段も辞さず、っていうのが彼氏の仕事でしょ」

「いや、そんな単純で野蛮なやり方、法治国家では」

「法治国家？　笑える。鈴木の法律が茉莉ちゃんにもおよぶといいけどね」

小橋はあきれたというふうに笑った。怪しい事実が見え隠れするとはいえ、盗み見などという不正捜査でいわば「違法」に立件すれば二人の関係はこじれ、近い将来訪れるものと漠然と思っていた結婚生活も御破算《ごはさん》になりかねない。

「ケータイ盗み見ることと、浮気されること、どっちが鈴木にとってはタブーなんだろうね」

「どちらもだよ。盗み見っていうのは違法でしょ」

「たとえば紙の封書を勝手に開いたら法に触れるけど、メールなら大丈夫だよ」

「いや、法っていっても法律じゃなくてさ、カップル間で自然に決まることってあるでしょ、暗黙の了解っていうか」

「まあね」

「ずっと隠し事なしにやってこれたんだから、これからも合法的に確認したいんだよ」

「へえ。でも一つ屋根の下で、本当に何の隠し事もなしにやっていけるわけ？」

「いや、家具や収納場所もほとんどないあんな狭いスペースで隠し事する方が無理でしょう。すべてさらけだしちゃった方がよっぽど楽だし」

「だからよけいに、ケータイの中に隠すようになるわけでしょ」

「でもケータイだって安全とはいえないと思わない？」

「たまにはまともなこと言うね。たしかに、ある意味ケータイとかパソコンみたいな通信機器が一番危ないのかも」

「でしょ。まあ、茉莉にケータイを見られたとしても、こっちにやましいことはないから平気だよ」

「へえ。で、鈴木は二人の間の暗黙の空気を読んでそれを自主的に守ってるってわけか」

「茉莉だってそうだよ」

「だといいね。でもさ、そんなに気になるならケータイ見たらいいんじゃない」

「仮に茉莉のケータイを盗み見たとしても、彼女が連絡をとっている相手がどういう関係にある人なのかとかがわからない限り、ただ受信メールだけ読んでも何もわかりっこないでしょ」

「受信メールだけ読んでるのなら、そうかもしれないけど」

「受信メールだけ？」

「受信メールがあれば、それへの返信もあるでしょ」

振り返ってみると、たえず焦っていたせいもあり、ほとんど受信メールにしか注意を向けてこなかった。それに対して茉莉がどう返信したのか。そもそも茉莉が送ったどんなメールに対しての返信だったのか。たった一通のメールさえ、そうやって前後のことを考えつつ読んでみなければ、その短い文章にどんな意味があるのかなどわからないのかもしれない。

デスクに戻って伝票を整理している時、領収書を探すために鞄を開くと、昨日しまい込んだｉＰｏｄが出てきた。鞄の中で電源を入れると昨夜再生途中だった曲名とアーティスト名が表示され、おすすめの選曲でこのｉＰｏｄの中を埋めてくれた女との当時の断片的なやりとりや軽い高揚感が甦りそうになる。数十秒で電池切れとなったそれを捨てる気にもなれず、かといって茉莉の目に触れるかもしれない空間へ持ち帰るのも気が引ける。とりあえず引き出しに入れてみるが、監査部が査定の一環として怪しいと目をつけたデスクを調べたりしているという噂もある。隠し場所については明日出社してから考えればいいだろうと思い、出退勤カードを打刻した。

翌日の土曜、朝七時に上司から私有ケータイへかかってきた電話で休日出勤を免れたため、昼過ぎに茉莉と渋谷の映画館へ足を運んだ。休日にデートらしいことをするのも久しぶりだった。僕が休日出社したり、金曜の深夜まで働いた茉莉が土曜の昼過ぎまで寝だめするという過ごし方が多い。

エンドロールが流れ出したところで客の半分ほどが席を立った。二人で映画を見に来た時の常で僕と茉莉はエンドロールが流れ終わるまで座ってじっと待つが、そのことについて今まで一度も二人で何か意見を交わしたことはない。エンドロール上映中に退席するという例外がないという事実自体が、自然と二人の間で決まり事として定着していた。暗がりの中、視界のあちこちで白っぽい光が目につきだす。電源オフにされていたケータイをすぐさまオンにし着信チェックをし始める。エンドロール終了まで待てないらしい。茉莉も手元でケータイを開いたのが音と光でわかった。スクリーンに反射している光と違う強烈で粗暴な光。彼女がケータイを手に取ってどこかと通信開始する度、僕の中で五感とは別の何かがたちあがりとても落ち着かなくなる。

劇場内が明るさを取り戻した後、出口へと向かう客たちの間で交わされる会話はなぜかしら抑えめの声で、映画の感想を口にする人は少なく、「腰痛い」だとか「何食べる?」などと囁《ささや》かれていた。

「面白かったね」

「うん。終盤にかけての盛り上がり方になんか既視感があるなと思ったら、音楽監督の……」

「あー、はいはい」

茉莉の反応で、僕は口をつぐんだ。こうなるとわかってはいた。「面白かった」というただ一言以外の感想を口にしてはいけない。茉莉の前で少しでも込み入った話をすれば無視され、自分が過剰な蘊蓄《うんちく》でも語っていたかのような気持ちになる。あらゆる話題について茉莉は分析ではなく共感を求めてくる。だから「面白かった」だとか「おいしい」「好き」「愛している」以外の言葉を口にしても流されるか無視されることに気づいて久しかったが、気を抜くとついやってしまう。

表参道沿いのレストランでディナーを終え、原宿駅を目指す。

「お魚がおいしかったよね」

「いや、個人的にはラム肉がおいしかったな」

「でも、お魚もおいしかったでしょ」

「たしかに魚うまかったけど、今日はラムが光ってたと思う」

茉莉は急に冷めた目をした。しまったと思うが、かといって嘘はつきたくはなかった。相手の言うことに合わせ思ってもいないことにうなずいてばかりいたら、僕は日常的に嘘をつくことになってしまう。腕時計で時刻を確認するフリして一度ふりほどいた手を、茉莉に再度つながれてすぐ、僕の左手の甲がくすぐられた。わざと手の甲を茉莉の上着にすりつけると、ポケット内でケータイがバイブしているのがわかった。このバイブに本人は気づいていないのか、気づいていて無視しているのか。つい次のチャンスがいつ来るかばかり考えてしまう。

　帰り着いたマンションの共同玄関キーロックを僕が解錠すると同時にスモークガラス・ドアの向こうから中年男性が現れ、目線を合わせない会釈だけをし外へ出て行った。もうここには二年弱住んでいるが、他の住人たちの素性は一切知らないままだ。目線を上げると監視カメラがあり、エントランス近辺での住人たちの行動はすべて録画されている。5階に位置する2DKの部屋へ帰ってすぐ、茉莉と一緒に風呂へ入らされた。茉莉の入浴時間というケータイ盗み見のチャンスを逃したのは痛かったが、こういう時間も大切だとは思った。

　上がってすぐトイレへ行き居間へ戻ると茉莉がケータイのキーを無言で操作していた。指の動きは、いつもながらすばやい。僕が後ろを通り過ぎる際、彼女はとても自然にソファーへ深く腰掛けたのでケータイのディスプレイへ僕の視線は届きにくくなる。まわりこんで隣に座り目をつむっていると、キーを打ち込む小さな音だけが聞こえてくる。無言の茉莉の指先からくりだされるタイプ音だけは間断なく、饒舌《じょうぜつ》だ。

「私、明日の夜出かけるね。地元から飲みに誘われちゃって」

メールを打つ動作は速く、ディスプレイを見つめたままそう言った。一般的な勤め人が日曜の夜、勤務日を前にしてそう集まるだろうか。それとも茉莉の「地元」でそれは普通のことなのか。彼女が浮気などするはずがない。くだらない不安要素を取り除いておくためにも、やはり確認するしかなさそうだった。僕は台所で水道水を多めに四〇〇cc飲み、買っておいたマイクロSDカードをベッドフレームの下にしのばせるとそのままベッドに横になった。同棲生活を送る僕は日々の寝場所を地球上でこのダブルベッド一ヶ所に縛《しば》られている。それは茉莉にとっても同じだ。目覚まし時計をどちらか一人が使えばもう一人も起きてしまう。出社のため家を出る時間は茉莉の方が早いが、僕は毎朝一緒に起きる。簡単な朝食も大あわてで一緒にすます。寝起きや食事の時間を合わせるのが共同生活の基本だ。しかし今夜は同じ場所に縛られながら片割れとは違う行動をとらねばならない。茉莉を起こさず僕だけ先んじて起きるためには目覚まし時計を体内で発動させるしかない。ここ何日間か試した結果、就寝前の午前〇時頃に排尿しきった直後四〇〇ccの水道水を摂取すれば朝の四時か五時には尿意で目覚められるという事実を導き出した。やがて茉莉も居間の明かりを消し、間続きになっている和室のベッドへやってきた。左隣に身体を横たえまだケータイを操作している。耳元で聞こえる断続的なキー操作の音が、そのまま僕の下腹を刺激し、不意に欲情した。生物としての危機感を覚えた時ほど性欲は高まるという。やがて茉莉はケータイを閉じ、枕元へ置きすぐに寝入った。いつものように電源はオン、マナーモード設定のままになっているようだ。

尿意で起きたのは、予想より早く二時過ぎだった。天井や壁、布団、間続きになっている居間のフローリング、家具、カーテン、様々な物の輪郭がはっきりと視界に浮かび上がってくるまで闇に目を慣らす。そしてようやく茉莉のケータイを目の動きだけで見つけることができた。

至近距離には茉莉の寝顔。とても深く眠ってくれているように見える。見入っていた少しの間にも僕の瞳孔《どうこう》はより開いたようで、さっきよりは彼女の表情がはっきりと見えるようになっていた。完全に寝ている、ようにしか見えない。少しだけ上体を起こす。一ヶ所に集まらないよう、体重を全身の背面に分散させた。マットレスの傾きは茉莉が目覚めてしまうきっかけになる。ここ何日か目覚まし時計の蛍光色の秒針を見ながら計ったが、就寝時の茉莉の呼吸は一分間に七回だ。目覚めた瞬間に寝ている演技を始めたとしても、呼吸のペースばかりはごまかせない。なぜなら、彼女は自分が寝ている時の呼吸数を計ったことなど絶対にないからだ。自分の鼻息や鼻音で茉莉を刺激しないようなギリギリの距離まで顔を近づけ、彼女のまぶたをしばらく見つめた。やがてまぶたごしに、眼球が動いているのが確認できた。大丈夫、これはレム睡眠中である証拠だ。ヒトの睡眠時の特徴について、僕はネットで調べた。彼女のまぶたから目を離すことなく、右手だけで掛布団の下を探る。同じ布でもシーツ、掛布団、茉莉の着ているスウェットでは感触が大きく異なっていた。彼女の身体の近くほどその温度は高い。

茉莉は枕の近くで自分のケータイがバイブしたくらいでは――つまり音ではなかなか起きない。しかしそれ以外の何がきっかけで目を覚ますかはわからない。茉莉の枕元に探し当てたケータイを手に取ると掛布団の中にもぐる。音がしないようにそっと開くと闇の中で強烈な光がたちあがり、開き気味だった瞳孔に度を越えた量の光が入ってきて反射的に目を閉じた。

電話の発着信を見てゆく。着信履歴に「048」から始まる番号があった。埼玉の誰かからどんな用件があったのだろう。受信メールに関しても初見のものをざっと読む限り、決定的に怪しいものはない。そして、昨日小橋と話しているうちに気づかされた送信メールの方を重点的にチェックする。「阿部恵子」「タカさん」「山口」宛《あて》のメールなど送信ボックスと受信ボックスをそれぞれ往復しながらやりとりの流れを想像してゆく。

〈その日行けないや、ごめんね…。〉

「山口」からいつぞや届いていた〈19日どうする⁇〉へ茉莉はそう返信していた。それに対し「山口」が〈了解！〉と返してきたところまでは理解できるが、その直後に件名無しの一斉送信で茉莉は「山口」と「チヨチヨ」「尚之」「吉澤綾」へ一通のメールを送っていた。

〈当日、行けたら行くことにします♪　ヨロシク〉

「山口」一人宛に送ったメールから三分しか経っていない時刻での送信メールで、内容も少し違う。「地元」フォルダ内の「山口」以外の三人には建前の意思表示をしておき、「山口」という人物にだけ本音を晒《さら》した。同性であると思《おぼ》しき「吉澤綾」へは建前メールで、男か女かもわからぬ「山口」へは本音メール、ということなのか。そうだとしたら同メンバー内で唯一本音を漏らせる相手である「山口」は茉莉にとってのなんなのだろうか。そして連中は「19日」に何をやろうとしているのか。

それを探ろうと茉莉の送信メールと「地元」フォルダ全員のやりとりを交互に見ていったがきっかけとなる最初の誘いのメールは見つからなかった。このケータイ内に保存される受信メールの上限数は一〇〇〇件で、古いものから順に自動削除される。全フォルダ内をざっと調べた結果、最も古いメールで五ヶ月前のものだった。「19日」に開かれる会合がわりと大きなものでそれより以前に誘いのメールが届いていたとしたらそれは消えてしまっているし、もしくは電話や口頭で誘われたという可能性もある。メールを遡ることだけではたどれない事柄の多さに気づかされた。仮に「19日」に何が開かれるかわかったとして、そのことより、「地元」フォルダ連中の誰とどんな関係であるかということの方が重要で、それをさらにたどってゆくのは難しいように思える。依然として〈山口〉の性別もわからないし、一連のメールの見え方もそれによって一八〇度変わる。

それにしても茉莉は土日に人と会う約束を入れていることが多い。僕が休日出社することも多いため文句は言いにくいが、もう少し土日を一緒に過ごさないとマズい気もする。

〈9時までにね。〉

「会社」フォルダの「梨木」という人物から届いていたメールは意味深であった。

色々なことが想像できてしまい心拍数が上がる。その前に茉莉が「梨木」へ送ったメールを見た。

〈私が⁉〉

何に対しての「私が⁉」なのだろうか。さらに遡って「梨木」からのメールを読むと、

〈相手の都合だしね…。〉

相手とは誰だ。怪しみつつさらに一つ前を見るとどうやら取引先の担当者らしかった。つまり、取引先の都合だから頼むよ、という意味なのか。とすると、〈私が⁉〉は〝私が行くんですか⁉〟の意味になる。あわせて時系列で読んでみると、梨木は、九時までに行ってくれと、茉莉に頼んでいるのだろう。主語や目的語が省略されているから意味ありげな文に見えただけで、結局単純な情報のやりとりにすぎなかった。メールというのは一文だけ見ると、ひどく多義的に思える。面倒でもつなげて読むことを心がける必要があるようだ。

そして「渡辺健太」の片鱗《へんりん》はどこにもない。浮気をしている人間ならどう行動するかを考えてみる。僕だったら、相手の登録名を変える。ひょっとしたらと思い、久しぶりに「鈴木」からのメールをチェックした。

〈ベーグルよりかはマシだって〉

　僕が一昨日茉莉に送ったメールそのものだった。しかしどこか自分のメールではないようにも思え念のため差出人アドレスと受信時刻もたしかめるが、僕自身が送ったものに間違いなかった。「鈴木」という男性からのメールの無骨《ぶこつ》さが丸みを帯びたフォントだとかえって際立ち、読んでる自分が女っぽく感じる。絵文字も一切なく、ガサツで単純な性格という書き手の人物像を思い描かせる。だが「鈴木」とはやはりこの僕だ。

〈久々に魚とかも食いたいな。〉

　書き手は粗暴で自己本位な人物にも見える。「鈴木」からの他のメールも読んでみる。滅多に使用しない絵文字をたまに挿入しても、茉莉のケータイと僕のケータイとでは表示される絵はかなり異なる。僕のケータイだとただのタコ助みたいな「怒り顔」も、茉莉のケータイではやけにリアルな人面の絵として表示され少々怖い。読み手のケータイでは書き手が用いたのと異なる絵で表示されており、書く時に抱いていた雰囲気をちゃんと伝えられていない。思えばメール本文を自分のケータイで打ち込んでいる時、僕は読み手がどんな状況で、どんな媒体で読んでいるのかを考えたことがなかった。「鈴木」という男からの送信メールを女の立場で受け取ってしまった気になり、少々気色《きしょく》悪く思え、すぐメール一覧に戻った。

かぶった掛布団の中の空間が大きく歪《ゆが》み、一瞬ビクつく。茉莉が寝返りでも打ったか。しばらく息を殺しじっとしていてもそれ以上茉莉は動かず、起きたわけではないように見える。崩れてさきほどより狭くなった空間内、ディスプレイから発せられる光の反射は強くなりまぶしかった。僕の意識は寝ている彼女とケータイの中身へと同時に向けられ、ひどく消耗《しょうもう》していた。当然、一目見てすぐに怪しいとわかる痕跡《こんせき》はなく分析には時間がかかる。すぐに見たい気持ちを抑え膨大な量の痕跡を持ち帰り、別の安全な場所でゆっくりと分析した方がいい。

ベッドフレームの下にしのばせておいたマイクロSDカードを手探りで手に取る。掛布団の空間内で茉莉のケータイのカードスロットに慎重に差しこんだ。受信メールと送信メールのバックアップをとろうと操作を試すも、なぜかエラー表示されてしまう。スロットの読み口が壊れているのだろうか。それとも、わざと壊したのか。工作活動に外部メモリーというデジタル時代の便利道具が使えないということが判明した。

茉莉が再び寝返りを打つ。僕の心臓はふいにしめあげられたようになる。しまった、起こしたか。身体が動く時はレム睡眠中でありなかなか起きづらい時間帯であると頭では理解できていても、僕の身体は萎縮《いしゅく》してきていた。茉莉の動きがないのを確認すると、自分の身体の動きが伝わらないよう細心の注意を払いながらカードを抜いて、ケータイ本体をたたみゆっくりと掛布団の中から顔を出した。

何も見えない。

ディスプレイから発せられる強い光をずっと見ていたからか。闇に慣らすためにと、茉莉の顔がある方へ目を向ける。

闇の中で、二つの目がこちらを見ていた。

思わず目を逸らし、再び見た。開けられていたように見えた茉莉の目は閉じられている。

勘違いか。徐々に瞳孔が開いてきた自分の目で茉莉の顔を見つめていると、彼女は完全に寝ている状態にあるように見える。しかし闇の中に浮かんだ瞳の像が脳裏《のうり》から消えず、しばらく動けなかった。

茉莉の呼吸数をたしかめ、ひと安心し、ようやくピンクゴールドのケータイを元あった場所に細心の注意で戻した。一息ついて目を閉じると、会社の引き出しに入れておいたｉＰｏｄを思い出した。あのままにしておくわけにもいかない。だがこの家の中でどこにしまったらいいのだろうか。衣装ケース、押入の中、履かない靴の中……どこも無理そうな気がした。

4

　夕方、最後にまわった江東区大島の病院から社有車を走らせる途中、煙草の匂いが気になった。ここ最近、車に染《し》みついた煙草の匂いで営業中の喫煙が発覚した例が数件あった。窓を全開にして人通りもない抜け道に入った際、目についた排水路へ灰皿の中身を捨ててしまおうと考えたが今度はそれを誰かに見られているように感じる。捨てるのは諦め急いで社に戻った。昼に小橋へメールを送ったところ、午後は社にいて定時に帰るというので、喫煙室で待ち合わせ話を聞いてもらうことにした。

「半には出なきゃ。彼氏と渋谷で待ち合わせてるから」

「彼氏？」

「話してなかったっけ？　そうそう、二週間前から付き合ってるの。婚約者がいたらしいんだけど私が略奪した」

彼女を狙っていたつもりはないが、いざそれを聞くと落胆した。そして小橋に、新しい彼氏はできたのかと訊くのを自分が避けていたことにも気づく。福岡時代もそうだったし、これまで性的関心を持った異性に対してはあえてそうしてきた。

「何やってる人なの？　どういうつながり？」

「それは教えない」

あまり興味もなく尋ねたものの、予想していなかった返答に少し驚いた。恋人の職業を訊かれ、それを隠したというだけのこと。噛《か》み砕けばそれだけなのだが、そんなふうに隠されたことがないので、多少驚かされる。

「まあ……いいや。水面下で何やってたんだよ、小橋さん。略奪、怖過ぎるよ」

「男の飽きるサイクルにたまたま私が入り込んだだけだよ、多分。婚約者だった人の写メ見せてもらったことあるけど、年下の私より断然美人だったたし」

私より美人。そんな比較のセリフを口にするとは意外だった。

「飽きるサイクル、か」

「まあ、誰しも何かしらには飽きるよね。私だってそうだし。飽きたり飽きられたりした後からが肝心なわけで。私が略奪できたってことは、私より元カノの方に隙があったってことだね。鈴木もちゃんと確認とかしておいた方がいいよ、色々と」

僕はすでに何度か茉莉のケータイの〝確認〟をしている。彼女はケータイのアドレス帳に各人の名前とメールアドレスと電話番号しか登録しないため、メールのフォルダ分けがなされているとはいえ詳細な所属や年齢もわからない人たちの人物像を思い描くのは難しかった。それにメール上で何人かの人物、それも男と思われる人物との待ち合わせのやりとりをしていたが、そんなことをいえば僕自身もこうして小橋という女性と待ち合わせのやりとりをしている。

「実は、小橋に指示されたこともあって、茉莉のケータイをちょっと盗み見してみたんだ」

彼氏ができたという小橋に対して、己の恥をさらすことにもはやためらいはなかった。

「私、指示なんかしてないけど。茉莉ちゃんには気づかれなかった?」

「まさか。証拠とかはなかったんだけど、何か隠してるんだよあいつ。たとえば……」

僕の告解を聞いた小橋も、べつだん驚いたり非難したりするような表情は見せない。その落ち着きは、ケータイ盗み見が世間で日常的に行われていることを裏づけてでもいるかのようだ。

「疑ってるより確認しちゃったら、とは言ったけどさ……」

「そう、確認してみたんだよ」

「で、何がわかった？」

「メールの文章ってさ、一文が短いからなんとなく謎めいて見えたり、怪しく思えるんだけど、前後のやりとりをたどってると、案外たいしたやりとりではない場合が多かったのは意外だったよ。そのぶん、たどりきれないメールは本当に怪しく思えた」

「ふーん。他には？」

「……そういえば、彼女のケータイで自分のメールを読んだ時はなんか変な感じがあったな……。自分が茉莉になった気持ちで男からのメールを読んだような感じって言ったらいいのか。まあ、そんな発見は何の解決にも結びつかないんだろうけどさ」

「そうかな」

小橋の言葉に僕は目で問いかけた。

「その変な感じをよく思い出してみなよ」

「……なんか、自分がちょっと女っぽくなってたというか。我ながら気色《きしょく》悪かったな」

「自分が送ったメールを女の目で見たわけだ」

「そんな感じかな」

「その女っぽい気持ちのままで、茉莉ちゃんのケータイの中にある他のメールを見ていけばいいんじゃない」

席へ戻ると気になっていたｉＰｏｄのことを思い出し、机から出してみる。できるだけ同じ境遇にいる人からアドバイスをもらいたいと思い、企画開発部にいる同期の新田晃が長く彼女と同棲していることを思い出し社有ケータイで電話をかけるが、一〇回以上の呼び出し音の後でようやく出た彼は、まだやることがあるとのこと。電話を切ってすぐ、連日忙しがり行き場のないように思えていた自分が、とたんに暇人《ひまじん》のように思え不安になった。同じような境遇の男が他にいないかと考えていると新田から電話があり、ビル２階の喫茶店で三〇分だけならと提案された。エレベーターに乗り込んだ時不意に声をかけられ振り返ると、声の主である脂《あぶら》ぎった顔の男は新田だった。そのまま喫茶チェーン店に入り、吹き抜けの１階を見下ろす席へおちつく。

「バイク便で資料が届くのを待たなきゃならなくてさ。今日みたいな日はここで夕飯すませちゃうんだけど、いい加減同じメニューには飽きたよ」

「うちの彼女、年間一〇〇日くらいはここのサンドウィッチで夕飯すませてるよ」

しばらく互いの食生活、女への愚痴《ぐち》を語り合っているうちに目的を忘れそうになり、新田が腕時計へ目をやったところで本題へ入った。

「新田は彼女と同棲してるよね？　隠したい物があった時ってどこに隠してる？」

「隠したい物ねえ……母方の婆さんは着物の中に隠してるとか言ってたな。あ、爺さんは書斎の蔵書の中にへソクリとか隠してたらしいよ」

「それは田舎の実家かなんかの話だろ？　東京のワンルームに二人で住んでるお前の隠し場所を訊いてるんだよ」

「隠し場所、ねえ……。女が興味を示さない場所なら大丈夫じゃないか。原付のシートの中とかさ。考えてみろよ、男だったら台所とか見ないだろ？」

「いや、簡単な自炊くらいならたまにするから台所も見るけど」

「お前は優しいというか、彼女の聖域を邪魔しているというか」

「どういうことだよ？」

「狭い空間を共有してるんだからさ、せめて男女の住み分けくらいしたら、ってことだよ。そりゃ隠し場所もなくなるわけだ。彼女の方も、どこかに隠し場所でも作りたくなるかもよ。ところで鈴木、何を隠そうとしてるんだよ？」

「ｉＰｏｄ」

「ア……　ｉＰｏｄ？　そんな物だったら俺が預かってやるって」

手元に置いてないなら捨てるのと同じだ。新田と別れ新橋駅へ向かう途中、田中係長から社へ呼び戻され、帰宅時刻は一一時を過ぎた。スウェット姿でソファーに座っている茉莉はテレビを見る姿勢で右手に歯ブラシ、左手にケータイを持ち、目はケータイのディスプレイに向かっていた。

「行儀悪いぞ」

反射的に言ってしまった。茉莉がケータイをいじっているだけで、反応してしまう。今日に限りそんなことを注意してきた僕に少々驚いた様子の茉莉はそのまま洗面所へ向かい、うがいの音の後やがて歯ブラシを置いてきた。僕のイラつきの原因はそっちではない。顔はテレビに向けられ右手は歯磨き中である時に、左手にケータイを握っている理由がなんなのかが不可解なのだ。彼女は今も左手にそれを握ったままだった。いったいいつまで離さずにいるつもりなのか。テレビでは離婚秒読みと言われていた中年芸能人カップルのそれぞれがメディアへの記者会見を通じて相手への意見を表明していた。お互いに直接話したりはしていないのだろう。カメラに向かってなら何でもしゃべれるのはなぜなのか。風呂に入り追い焚《だ》きのボタンを押す。茉莉がケータイを握る姿が何度も浮かんでくる。今日の〝確認〟をまた行わなければいけないかと思うとため息が出た。

僕が風呂から上がってもまださっきと同じ姿勢で茉莉はケータイを操作していた。ソファーに座り、開いた新聞で僕と茉莉の視線を遮断《しゃだん》しつつ斜め下に見えるケータイのディスプレイを凝視する。ボタン操作の度に文字が一文字ずつ増えているのがかろうじて見え、誰かに対しメールを打っているのだとわかる。

「ちょっと……近いんだけど」

新聞越しに茉莉の声が聞こえた。視線をケータイからそらし新聞をのけると、茉莉が困惑した顔で僕を見上げていた。気づくと、僕はソファーに座りながら無意識に茉莉の方へぎりぎりまで寄りかかっていた。

「ええっと……なんか久々にムラムラしてきちゃってさ」

「ふーん……あ、でも今朝生理きたから無理」

「あ、全然問題ないから、気にしないでよ、うん」

ケータイが気になって自分でも気がつかないうちに近づきすぎていた。危機をしのげたことに安堵《あんど》しつつも、新たな疑念が湧いてくる。本当に生理なのだろうか。

茉莉はローテーブルの上にケータイを置きトイレへ立った。蛍光灯の光で斜め上の角度から照らされた茉莉のケータイが影をつくっていた。やはり今夜も尿意目覚ましを使うしかないのだろう。

カーテンと窓枠の間から漏れる明かりの少なさでもだいたい予想がつくが、目覚まし時計の蛍光文字盤を見ると午前三時三二分だった。僕と反対側を向きうつ伏せ気味に寝ている茉莉の呼吸を今日はより慎重に確かめる。闇の中に浮かぶ二つの瞳がフラッシュバックし身体が強張る。茉莉の呼吸のペースも、鼻息の音色も、日時や体勢によって異なる。これまでのデータから少しでも外れた時、彼女は目覚める可能性が高い。

花粉の影響か、少し詰まり気味の茉莉の鼻息は荒い。いったん目覚めた人間がそれを再現しようと思っても難しい類《たぐい》の複雑な音色だった。茉莉の枕と頭板《ヘッドボード》の間に、ケータイは挟まれていた。眠りにつく時確認した通りだ。茉莉の寝相が今夜は悪く、枕は頭上に押し上げられており、隙間からケータイを抜き出すのは難しそうだ。ほとんどマットレスを傾けず掛布団との擦過音《さっかおん》も最小で済むように右手を伸ばし、指だけを隙間に差し込んだ。ケータイを中指で立たせ、人差し指と二本で挟み慎重に抜き取った。茉莉の様子に変化は見えない。顔の前まで寄せ、サイドキーを短く押してみる。しかしサブディスプレイには何の表示もされなかった。折り畳まれた本体を開いてみるが、メインディスプレイも真っ暗なままだ。

よりによって電池切れか。リビングのテレビ台に設置されている充電スタンドまで、直線にして約五メートルはある。足音を殺すための集中力を維持できる距離ではあるが、充電中はケータイの着信通知灯が点灯したままになる。目覚めた茉莉に見つかれば言い訳はできない。どうする。普段茉莉は電源を切ることはないが、もしかしたらということもある。ゆっくりと掛布団の中に潜り込み、電源が入った場合のバイブ音と光が外に漏れないようにし、ダメもとで電源ボタンを長押しした。

和音が鳴った。

耳が音を感知した瞬間、僕はどうしていいかわからず反射に近い動作でケータイを両手で握り、さらに自分の股間へと挟み込んだ。そのまましばらく暗闇の中で息を殺す。茉莉の呼吸音にしばらく注意を向け続けるも、掛布団に潜っているとまったく聞きとれない。現況《げんきょう》を把握《はあく》できないのはかなりマズい。外はどうなっているのか。

それにしても今夜に限ってマナーモード設定が解除されていたとは。おまけに電池切れだったわけではなく、残量は満タンだ。就寝時の盗み見はもう何度もこなしているが、マナーモード設定が解除されたうえに電源が切られた状態は初めてだ。まさか罠《わな》ではないだろうか。もし罠だとして、仕掛けられた理由が問題である。このまま盗み見を続けるべきか。意を決して掛布団から頭を出すと、彼女は依然反対向きにうつ伏せになったまま寝息を立てているように見える。しかし顔が見えないため安心はできず、可能な限り彼女の方に耳を近づける。いつも通りの寝息に思えるが確証が持てず、今度は彼女のまぶたの動きが見えないかと顔を近づけてみるがどうしても見えない。今も彼女は目を覚ましている可能性だって十分にある。二つの瞳はしっかりと開かれ、掛布団に潜る僕の姿はしっかりと捉えられているような気がした。ケータイを閉じしばらく彼女の動きをうかがった。寝息は規則正しく、このままじっとしていても何ら危機の度合いは下がらない。どうせリスクを負ったのだからと開き直り、再び掛布団に潜りケータイを開いた。

小橋からのアドバイス通り、茉莉の目線であらゆる送受信メールを見ようとした。しかしなかなか難しかった。電池パックのフタの裏側にシールを剝がした跡があった。誰の目を意識して何を剝がしたのか。軽く見流したアラームの設定時刻を二度見した。五件まで設定可能なアラーム作動時刻は上から順に、

①06：30　ON　②06：42　ON　③16：50　OFF　④21：50　OFF　⑤

08：00　OFF

三番目と四番目の設定時刻。ともにラブホテルの休憩コース退室一〇分前の時刻と考えると妙につじつまが合う。というより他の可能性が思いつかない。退室一〇分前、既に服を着た茉莉が簡単な化粧直しをしている様子が目に浮かぶ。そのまま帰宅しありもしなかった飲み会の感想を一言二言、同棲している男に伝えるのだろう。

浮気に気づいていると茉莉へ伝えてみたい。かといって激昂《げっこう》して詰め寄れば積み上げてきた関係性はすべて終わる。この生活はどちらかというと恋愛感情より過去からの蓄積のおかげで成り立っている。仮に面識のない僕と茉莉が明日初めて出会ったとして、同棲どころか交際にまで漕《こ》ぎ着けられる気がしない。相手に多少の不満を抱いていても、経済的な理由や交際してきた時間を考慮し結婚へと踏み出すのが人間であろう。

マナーモード設定を解除してから電源を切り、掛布団の中からゆっくりと顔を出した。ケータイを元あった場所へと戻す機をうかがった。茉莉の寝顔をじっと見る。やはり本当に寝ているようだ。それなのに、僕は自分に向けられている視線をどこからか感じてしまう。踏ん切りをつけ僕はケータイを元の隙間にそっと戻した。いったんトイレに立ち、戻ってきても、茉莉の体勢に変化はないように見える。再び横になり天井を眺めしばらくしても、なにかの視線を受けている感覚は消えなかった。それを振りきれないまま、自分が寝るしかないのだと思い、目を閉じた。

5

　昨夜の雨で大分散ってしまったかと思われた桜も、靖国神社ではまだ咲いていた。砂利の上でふやけている花弁の量も多い。茉莉と二人で、東端の大鳥居から西の拝殿へと敷地内を歩いた。花見客の多さに圧倒される。二人して桜という桜を一通り見てまわると、来た経路を少し戻り南門から靖国通《どおり》へ出た。

「腹減った。丸の内界隈《かいわい》で昼飯食べよう」

「その前に、皇居の内濠《うちぼり》沿いも少しまわってみようよ。千鳥ヶ淵の桜なんか有名だし」

　提案した茉莉はそのくせ、千鳥ヶ淵がどこかよくわかっていなかった。千鳥ヶ淵緑道を少しばかり南に歩き、途中で引き返し濠沿いに東へと向かう。狭い敷地内に花見客がすし詰めだった靖国神社と比べれば、広大な敷地を有する皇居の周回歩道では人も分散しておりゆったり見てまわれた。桜にも種類があり、大ぶりな花弁の桜もあれば赤みの強い桜もあった。茉莉は「桜きれいだね」などと言いながら右手ではケータイを操作している。心はどこにつながっているのだろう。

東御苑に沿って歩いているつもりが、気づけば二重橋まで来ていた。どこから見ても似たような風景が続くだけの皇居は、世界の名所と異なりはっきりとしたイメージを抱きづらい。皇居東側から東京駅周辺は区画整理の行き届いた碁盤目状の街並みで、ビルの多さの割に見通しは良い。西欧風のつくりで統一された丸の内仲通《どおり》を歩き、丸ビルへ着いた。一軒のレストランへ向かっていると、茉莉が感心した。

「この辺にも詳しいんだね。意外」

「もうかなり昔になるけど、あのレストランに元カノとよく行ってたから」

見えてきた店を指差しながら言うと、茉莉は足を止めた。

「ええ、だったら嫌だ。別の店にしようよ」

「なんで？　料理おいしいよ」

「普通に考えてそれはないでしょう。私の友達とかもみんなそう言ってるし」

茉莉の要望に従い、ビルを出て東京国際フォーラム近くのレストランへ入った。人の行き交う通りを眺められる窓際席でメイン料理を食べ終えた頃、僕はやめた方がいいと思いつつも反応を確かめたいという気持ちを抑えきれなくなり、ワンショルダーバッグから財布を取り出した。

「この財布」

「うん」

「元カノからプレゼントされた物なんだ」

「え?」

茉莉の歪《ゆが》んだ表情でそれがタブーなのだと、そしてこんなことを言わなければよかったということの二つが、一瞬で理解できた。

「ちゃんと捨てて」

「え?」

「当たり前でしょ。昔の恋人からもらった物をまだ持っているだなんて」

笑顔で言っている茉莉の表情が妙に硬く、本気だとわかる。

「でも、もらったのは大学二年の頃だから……もう八年前だ。いくらなんでも時効でしょう。物はいいんだし」

茉莉はいったん深くため息をついた。

「は、なに言ってんの馬鹿じゃないのありえないし。昔の恋人からもらった物は捨てるなんて、当たり前だよ。カナや奥田とかもいつだったかそう言ってたし。みんな、そう言ってるし」

「そんなルール誰が決めたんだよ?」

「ルール?　は、おおげさ」

ハッとする。茉莉はルールだとは思っていないのか。

「他に誰がそんなこと言ってんだよ?」

「みんなよ。カナと奥田は少なくともそう言ってた」

惰性《だせい》で使い続けているだけの財布自体に未練《みれん》はないが、僕と茉莉の〝ルール〟を第三者に決められるというのがふに落ちない。

「わかった、財布はそのうち捨てるけど……。じゃあさ、何かの会計の時にどちらかが全部奢《おご》るのは禁止じゃん、うちら。それを言い出したのも茉莉だったと思うけど、みんながそうしていたからそれをうちらの決まり事として適用したわけ?」

「は?　適用、って。私は昔からそう思っていたし、なにより、私の周りにいる自立した友達はみんなそう言っているし。みんなから保証されてることだから、迷いなく従えるでしょう」

「でも、うちら二人のルールなんだから、二人で決めるべきじゃない?」

「はいはい、ルールね。カップル間のルールなんてどうしてもどちらかに有利なように作られちゃうんだから、別の誰かから与えられたルールに従った方が確かじゃない」

別の誰かって誰だ。そんな公正な奴がいるのかと思い納得できなかった。そういえば茉莉は今まで「ルール」という言葉を使ったことはないかもしれないと気づいた。

「っていうかさ、そのうち捨てるとか言ってないで、中身抜き取ってさっさと捨ててよ、その財布。私がそのこと知った今でもそうして堂々と目につくとこに置いちゃってるとか本当に馬鹿にしてるとしか思えないんだけど」

茉莉は元カレと堂々と連絡をとり合っているのだから、元カノと行った店で食事をしたり、元カノのくれた財布を使うくらい何の問題もないと思っていた。

「わかったよ、帰ったら中身整理して別のにするからさ」

僕は譲歩したが、茉莉の表情は険しいままだ。

「ルールとか言い出すわりには、我慢して従ってやってるみたいな言い方するけどさ、同意してたんじゃないの？」

同意——彼女が大切にしてきたのはそれなのだろうか。とりあえずうなずいてしまうが、そのうなずきが肯定なのか否定なのか自分でもわからない。僕は茉莉から提示された不文律に従うのが、結局一番面倒がないと思えてきた。

「っていうかそのバッグ、元カノからもらったやつ？」

「なに言ってんだよ、何年前だったかのマルイの初売りへ一緒に行った時、買ったじゃん」

「そうだっけ」

　謝りもしない茉莉の声は不機嫌そのものだ。ルールなんていうものがあったことを、明るみに出してしまったことが後悔された。互いに口にせずなんとなく意識していればこその不文律なのだ。

　皇居周辺を散々歩き回ってから帰宅後、茉莉は例によってケータイを開いては素早くチェックして何かを打ち込むと、早々とソファーでうたた寝を始めた。まだ午後九時をまわったばかりだ。頬が少し紅潮していて、無防備な感じの表情が生々しかった。ザルの茉莉を寝かしつけるには酒を用いても駄目だったが、運動による疲労は予想したより効果絶大であった。

　一緒に風呂へ入った後、ソファーに並んで座りながら茉莉はケータイを操作し、僕は茉莉の身体をじっと見た。

「なに？」

湯上がりの茉莉の肢体がやけに妖艶《ようえん》に映り勃起し、隣に座っている彼女はそれを一瞥《いちべつ》した。欲望を隠しておけない性器など忌《い》まわしいがそれがなければ隠すべき欲望も生まれるかどうかはわからない。勃起が先なのか欲望が先なのか。

「ムラムラしてきたな」

テレビに目を向けたままつぶやいた。茉莉からは何の反応もないかわりに、キー操作の音だけが聞こえる。

「なんかすっごく眠くなってきた」

茉莉はケータイから目を離さずにつぶやく。誰に向けられているかも曖昧なつぶやきの意図はわからない。ともかく今夜、茉莉は行為をする気はないようだ。それに気づくと、今度は自分の性欲を隠さなければと思った。性欲がなければ彼女と結びつくこともなかったが、結びついてしまえばそれがよそへ向けられないように隠さなければならない。ふと顔を上げるとサイドボード上の灰皿に永らく入れたままになっている僕のシルバーネックレスへ茉莉が目線を落としているのに気づいた。

「自分で買ったんだよ。学生時代、茉莉の気を惹《ひ》きたくて」

ルール執行者の前で僕は自分から口を開いた。無言でうなずいた後、茉莉は髪をとかしながら言った。

「まあ、なんとでも言えるだろうけど」

激《げき》しかけすぐあの古いｉＰｏｄが頭に浮かび、うしろめたくなった。あの女に曲を入れてもらったのは五年前、福岡へ赴任しアパートで一人暮らしをしていた、社会人一年目の頃だ。明らかに自分の彼氏の嗜好とあわない曲ばかり入ったｉＰｏｄに、茉莉は気づいたのだろうか。ブリキ缶にしまっておけば何の問題もなかった物を、僕が掘り起こし隠し場所を変えたばかりに勘づかれた可能性もある。ベランダにあるアウトドア用防水ケース内、油汚れのひどい工具ボックスの中へと先日隠し場所を変えた。思いつく中で最も汚いスペースだが、トイレ掃除をこまめに行うのも茉莉だ。安全とは言いがたい。理性的に考えれば捨てればよいはずだ。元カノからもらった本革の財布などはもったいないとは思うものの明日にでも捨てられる。だが当時僕に気があったのか、もしくは他に付き合っている彼氏がいたのか等、肝心なことは何一つ訊かないまま疎遠になった女から曲を入れてもらったｉＰｏｄは捨てられない。思い出が大事なのかと考えてみるが、彼女と一緒にしたことなど職場か飲み屋で話したくらいで具体的に何もないわけだから、それも違うのかもしれない。思い出じゃないとしたら自分はいったい何を大事にしているのか。すると茉莉のケータイがマットレスの上でバイブした。

「誰から？」

反射的に訊いてしまったことを後悔したが、訊かれた茉莉は一瞬だけバツの悪そうな顔をした。

「小澤氏からだけどそれがどうかした？」

変に強気な口調だ。元カノからもらった財布は駄目でも、元カレから今も届くメールはいいのか？　そう訊いてみたかったがそのまま飲み込んだ。

交感神経の働きを鈍化させた茉莉はまもなく寝入った。今夜はチャンスだ。僕も水道水を多めに七〇〇cc摂取してから床についた。豆球の明かりを消す前、茉莉のケータイが枕元に置かれていることを確認した。

午前一時半に覚醒は引き起こされた。レム睡眠とノンレム睡眠で構成される九〇分サイクルのちょうど二回分だ。膀胱《ぼうこう》を満たしている尿は、排泄したところでほとんど透明だろう。動物が覚醒する理由はただ一つ。生存のため何かに注意を向け、行動を起こすため。

目を闇に慣らしてから、真上を向いて寝る茉莉のまぶたを注視した。顔を近づけるとまつげがかすかに動いて見える。急速眼球運動が見られる。レム睡眠時の特徴だ。筋肉への出力はほとんどなく、感覚系からの刺激も視床でブロックされているため、弱い刺激では覚醒は引き起こされない。覚醒・ノンレム睡眠・レム睡眠の三段階中、茉莉は今、最も深いところにいる。

寝る前に確認したはずなのに、枕元に彼女のケータイは置かれていなかった。そのまわりやベッドの棚上にも置かれておらず、闇の中あちこちに目をこらすが見当たらない。ふと思いついて掛布団の下をひそかにまさぐると茉莉の右手付近にそれらしき物体の感触があった。手に握ったまま眠るほど大事か。僕は掛布団の下に頭ごと潜り込み、暗闇の中で茉莉のケータイを操作した。今夜は電源はオンで、マナーモード設定は解除されていた。このあいだのは罠だったかを考えながらサイドキー長押しでマナーモード設定にする。ディスプレイの発する青白い光は闇の中だとやはり強烈で、こんなものにずっとかじりついている茉莉の健康を少し心配する。

〈久しぶり！　最近どうしてる？〉

各フォルダに分類もされず、受信ボックスのメインフォルダ内にそのまま残っていたメールの差出人は「黒沢ちゃん」とあった。苗字に「ちゃん」付けだけでは性別も不明だが、文章の内容からすると男のようだ。口調が親しすぎるのが怪しい。自分の中に茉莉の視線を憑依《ひょうい》させた状態のまま他のメールを見ていけばいい、と小橋は言った。そう思ってメールを次々見ていくが、どれも疑わしく思えるものばかりだ。

それにしても――「メインフォルダ」へ届いている「タカさん」、小澤氏からのメールの存在が、いつにも増して異様なものに思える。

〈俺も見たいなあ。でもこの時期は井の頭公園から流れてくる花見客とかもすごい数だから休めない。みんな楽しそうで羨《うらや》ましいよ。〉

元カレと今もつながりを持っているとはどういうことなのだろうか。メールから察するに小澤氏は自分が忙しい状況に置かれていることを茉莉に伝えている。その前に茉莉がどんなメールを送っていたのか確かめた。

〈皇居の桜、すごくいいよ！〉

この文面は、何を意図しているのか。桜を誰かと――つまり今の彼氏である僕と見に行ったということを伝え刺激を与えているのか、もしくは小澤氏とも桜を見に行きたいと伝えているのか。メールの文面だけでは意図がつかめない。送信時刻へ目を向けた。今日の一三時一二分。この時に何をしていただろうか。昼食の折、僕がトイレへ立った時間の暇つぶしとして打ったメールかと合点しかけたが、それはもっと遅い時刻だったはずだ。靖国神社から出たのが一三時頃だった。すると、皇居の周りを歩いている時に茉莉がこのメールを打ったと考えるのが正解だ。靖国から出て丸の内で食事をするまでの間、特に休憩もなくずっと歩いていた。ふと、歩きながらケータイを開いていた茉莉の姿を思い出した。あの時、元カレの小澤氏へわざわざメールで桜の素晴らしさを実況中継したというのか。隣にいた僕へ「桜きれいだね」と言えばいいだけのことだったろうに。

茉莉は今日散々、僕の身の回りにある元カノの残り香を責め立ててきたが、連絡などとっていない。僕は茉莉のルールに従ったが、パートナーに守らせているルールに茉莉当人は従っているのだろうか。昔交際していた人からもらった物を持っているより、昔交際していた人と連絡をとっている方がよほどタブーだろう。茉莉が今も小澤氏とメールのやりとりをしているということは公認してきたが、そもそも今までそれを放置していたことの方がおかしいのだ。元カノからもらった財布やｉＰｏｄをいくらたどっても、今さら当人たちに結びつくことはない。ただ、元カレからのメールは元カレへと直結している。茉莉が小澤氏と今でも続いているということはないのだろうか。あまりに堂々としているため僕が大丈夫と思い込んできただけで、二人に男女の関係がないという確たる根拠もない。ある意味、渡辺健太より怪しい。少なくとも八年前まで二人は肉体関係にあった。僕はそのことを忘れようとしてきたが、そう考えると二人にいつ男女の関係が復活していてもおかしくはない。これまで茉莉に対して嫉妬《しっと》の感情を抱くことはなかったが、あまりに寛大すぎたか。茉莉の隠していることを、本人に知られることなく明るみに出さなくてはならない。そう身構えてメールを見ていくと、すべてのメールが異性、すなわち男からのメールに思えてくる。

「地元」の「山口」の性別はわからないし、特に仲の良い友人らしき「阿部恵子」もそんなに仲が良いなら、ふだんの話に出てきてもよさそうなものだ。そうなると本当に女なのかどうかもわかったものではない。男女問わず多くの人々は異性とばかりメールのやりとりをしたがる傾向にあると、この間の飲み会でナースの田代が言っていた。実際に僕はそうだ。それが茉莉にも当てはまるとしたら、女友達とばかりメールのやりとりをしている現状の方がむしろ怪しい。女名で登録された男と連絡をとりあい、楽しんでいるんじゃないだろうか。茉莉の目でメールを見るつもりが、ますます疑いばかりが強くなっている。ふと、茉莉の呼吸がさきほどと少し変わったのに気づいた。

ノンレム睡眠へ切り替わる段階か。だとすれば弱い刺激でも覚醒してしまう。危険だ。戻さなくては。すぐにサイドキー長押しでマナーモード設定を解除した直後、

——着信メロディーが鳴った。

反射的なキー押打で着信メロディーはすぐに鳴り止んだ。ケータイを両手で握りしめたまま、掛布団とマットレスの間に坑道のような隙間《すきま》をつくり、そこから外界にある茉莉の顔を見た。かすかに顎《あご》が動いたものの覚醒は引き起こされていない。確信はないがそう思うしかないだろう。僕自身の心拍数が跳ね上がったせいで冷静に観察できない。実際にはイントロの一秒強ほどしか耳にしなかったはずの着信メロディーが、頭の中で激しくリフレインしている。

茉莉が睡眠の状態にあるのを数分かけて検証し、ある程度自分の平常心を取り戻せてきてから再び掛布団で外界を遮断した。闇の中で光を発するケータイのディスプレイ上には、「受信メール〇〇二」と表示されている。デタラメに押打したボタンはセンターキーだったようで、新着メールをそのまま開封してしまったらしい。マズい。しかし事故で開いてしまったものは仕方がない。差出人欄には、見覚えのあるメールアドレスが続いていた。

……co.jp〈渡辺　健太〉

受け手側が未登録であってもしっかりと差出人表記のされてしまう、ＰＣのメールアドレスからのメールだ。ついにきた。文面を読むがパニックで頭が意味を形成しない。ともかく勝手に開封してしまったという事実はマズい。未読へと戻すこともできず、隠し通すためにはこのメールの存在を消してしまうしかないとあわててメールを削除した。するとディスプレイ右上のアイコンが変化した直後、バイブと着信メロディーが一瞬鳴り、一秒足らずで再びセンターキーを押しすぐそれらを止めた。

〈来週末に東京へ戻るから、飲みに行きたくない?〉

また開封してしまった。「会社」フォルダ内の「さくま」という初見の人物からのメールだった。〈行きたくない?〉という同意を求めるニュアンスにイラっとくる。これも男に違いないだろう。タイミング悪く連続で開封してしまった二通目のメール、これを消してよいものかどうか。消したら、「さくま」発信のコミュニケーションを断つことになる。そもそもケータイのコミュニケーションに何の確実性もないことぐらい、この際相手にも思い知らせた方がいい。その瞬間茉莉が寝返りをうった。目を覚ましたか?

急いで「会社」フォルダを開き、「さくま」からのメールを少々の迷いの後に削除した。すると今しがた読んだばかりの渡辺からのメール文が思い出せなくなった。あとでゆっくり思い出そうとともかく受信ボックスへ戻ったところで新たな問題に直面した。全フォルダのメールをあわせれば保存上限の「一〇〇〇件」になるはずの合計件数が、僕が二通削除したせいで「九九八件」になっていた。血の気が引いてゆく。

　時刻は午前二時八分。次に茉莉がケータイを手に取るまでに二通以上のメールが送られてくればいいが、今は深夜だ。茉莉はすぐに目を覚ますかもしれない。とすると、自分がメールを送るしかない。ピンクゴールドのケータイをもとに戻し、細心の注意を払ってベッドから出ると自分のケータイと財布だけを持ち、Tシャツ姿のままサンダルをつっかけ外へ出た。音を立てないようにドアを閉めた直後、茉莉宛のメールを作成した。

〈コンビニで買い物するけど、買ってきて欲しい物ある？〉

〈ちなみにセブンだけど〉

　ドアの前で打ち込んだ二通のメールを、その場で送信。たった今茉莉のケータイは新着メールを受信し、合計件数も「一〇〇〇件」と埋まったはずだ。この流れで不自然さはなかったのか考えようとするが、もはや客観的にはなれない。問題を片付けるための解決策が新たな問題を呼び起こしてしまったかもしれない。とりあえず、考えついた嘘に身体を従わせ、エレベーターで下へ降り夜道をコンビニへと向かって歩く。よくよく考えてみれば寝ているとわかっている相手にああいうメールを送るかとも思えたが、本当にコンビニへ用があったのだと自分に言い聞かせながら歩くことによって、不自然さも薄まるような気がした。四月といえど夜中は寒いが、何かを着込む余裕はなかった。

外に出ると徐々に冷静になり、再び渡辺のメールのことを考える。なんて書いてあったろうか。どうしても思い出せない。コンビニでは買いたくもない酒やお菓子を買い、レジ係が捨てようとしたレシートを受け取り帰路についた。マンションが見えてくると、気が少し重くなった。

6

出退勤カードを六時に打刻してからもデスクワークを済ませるのに七時半までかかり、それ以降も國松次長や田中係長、目ざとい江波女史などがデスクに残っていて、僕だけ先に抜けるわけにもいかない空気だった。小橋から連絡待ちのためそれでもよかったものの、八時五〇分に〈喫煙室にいるよ。〉とメールが届いてから機をうかがいだし、次長と係長がいなくなった九時過ぎにようやく帰り支度《じたく》をしてデスクを立った。四月付けで広報部へ異動となった小橋礼子とは会う機会も減り、週に一〜二度、ここ喫煙室で顔を合わせる程度であった。窓側のブラインドがいつもおろされているためかガラス張りの空間とはいえ閉塞感は大きい。ガラス越しに小橋の姿を見つけた時、メールで約束していたとはいえ安心した。呼び出しておいて遅れたことを詫びた。

「あのビッグスリーがいたら仕方ないよ。で、茉莉ちゃんの件はどうなの?」

「渡辺からのメールを、ついに開いたんだよ」

「どんな内容だった？」

「……それが間違いなく読んだのに、どうしても思い出せないんだよ」

「本当に見たの？　疑う心が見せた幻影だったりして」

「冗談言うなよ」

小橋は笑っているがこちらは笑えなかった。

「……じゃあ、茉莉ちゃんの目で茉莉ちゃんのケータイを覗《のぞ》き見ることはできた？」

「客観的に見ようとはしたんだけど……」

「いや、鈴木が鈴木なりに事態を客観的に見る、ってことじゃなくて、茉莉ちゃんの目線で見るってことだよ」

「ああ、そうか。なんか、見てるとどれも怪しく思えてきちゃってさ。女から送られたメールまで全部男からのものに思えて、わけがわからなくなってきたよ。疑い出すとキリがないからもう見ない方がいいのかも」

「全部怪しくなっちゃったってわけか。でもその見方は、茉莉ちゃんの目に近いかもね」

それはどういうことだ。僕が黙っていると小橋は続けた。

「鈴木はさ、もう茉莉ちゃんのケータイを見た時から、茉莉ちゃんの気持ちになっちゃってるのかもね」

「ん？　意味がわからない」

「二人はどれくらいの期間付き合っているんだっけ？」

「ええっと……大学時代から七年。同棲して二年」

「その七年の間、鈴木は浮気とか、あるいは他の女を口説こうとしたことはないの？」

　思いを巡《めぐ》らせている、といったふうの時間を長くとり、苦笑しながら数度うなずく。実際のところ、何度も浮気願望に駆られたことはあるものの、それを実現させたことはない。仮に福岡時代にそれを実現させていたとしたら、曲を入れてもらったあのｉＰｏｄも今頃は処分できていると思う。何も実現させていなかったからこそ、それにまつわるすべてが生きた可能性のまま残っているのだ。もう結婚していてもおかしくない彼女と僕の間には、まだ、どこへ向かうとも知れぬ可能性だけが残っている。

「やっぱりあるでしょ」

　そもそも福岡へ赴任する前の、研修期間を含めた約半年の間、僕は小橋を口説こうとしていた。察しの良い彼女が当時それに気づかなかったわけもなく、五年も前のことだというのに、こみ上げてきた羞恥心《しゅうちしん》に身を縮こませたくなる。ただ、気づかぬふりをしてくれている小橋は優しい。口説くこともせず、こうしてただ話を聞いてもらって喜んでいる僕に、小橋は可能性を残してくれている。

「鈴木が浮気願望をもつ度に、茉莉ちゃんは何かしら不安を感じたりはしなかったのかな」

「感じたかもしれないね」

「不安を感じた人はさ……何をするのかな」

「え……わからないよ」

「じゃあさ、鈴木だったら何をする？」

自分だったら、何をするだろう。

あれこれ考えてみたものの、ケータイを盗み見することくらいしか思いつかなかった。

思わずズボンのポケットを手でまさぐった。その動作を小橋が微笑みながら目で追っている。隅にいた派遣社員の若い女が僕と小橋の交互へ目をやりつつ喫煙室から退室した。あの女がブログとかをやっていたらまずいかもしれない。どこにだって監視カメラがあるようなものだ。

「ちょっと時間ある？　場所変えよう」

もう少し話を聞いてもらいたくて提案すると小橋は軽く頷《うなず》いた。一歩踏み込んでしまうような気がして少し恥ずかしくなったが、小橋も帰り支度をしてきたようなのでそのまま会社を出て、場所も決めずとりあえず歩く。九時半ともなれば自社ビル内の人気《ひとけ》は少なかったが、新橋駅周辺の賑わいはピークに近い。

「とにかく、自分が送ったメールを茉莉の目線で見ることはできても、他のメールを彼女の目線で見るのは難しかった」

「ふーん。じゃあさ、茉莉ちゃんの目で、今度は自分のケータイを覗き見てみたら？」

「茉莉の目で見ようと思ってもさ、やっぱり茉莉じゃないから自分の目が入っちゃうし、難しいよ」

「そうかな。だって鈴木はずっと茉莉ちゃんのケータイを覗き見てるわけでしょ」

「ずっとじゃないけど」

「その時点でさ、茉莉ちゃんの立場に立ってるも同然じゃない」

そうなのだろうか。

「ちょっと自分のケータイの送受信メール、覗き見したらどうかな、茉莉ちゃんになったつもりで」

「自分のを覗き見って。それに茉莉は人のケータイ見たりはしないと思うよ。電車ではすぐ席を譲ったりとか、すごく道徳的な女だし」

「だから、もしもの話だって言ってるでしょ。もし見たら、と仮定して見てごらん」

喫茶店に入ろうとしたら満席だった。隣の地下バーに目がいったがさすがに躊躇する。会社の同期とはいえ女と二人で入っていいものだろうか。だが話を聞いてもらうという口実もなしになかなかここには来れない気がして、小橋を促し地下への階段を降りた。今さら、僕と小橋はどこかへ向かうかもしれないという淡い高揚感は、ｉＰｏｄの曲を聴く時のそれと似ていた。ベルギービールを二人分受け取り乾杯してすぐ、さっき小橋に言われたとおりケータイを取り出しメール受信ボックスのメインフォルダを開いてみる。まず目に飛び込んできたのは昨日看護婦の「田代」から届いたメールだった。もし自分が茉莉だったら、と思って読んでみると、たしかに少々疑わしく見える内容だった。同じように他のメールも見ていくと、どれもこれも危なっかしいメールとして映ってくる。自分が送った返信メールが急に気になり、送信ボックスからそれらを確認する。

〈おつかれ～。また迷うことがあったら、いつでも相談にのるから！〉

〈飯淵さん独特の意見、かなり気になるよ。今度くわしく聞かせてね～☆〉

なんと軽薄な男のレスだ。これでは事実として何もなくても、そう思ってもらえない危険さえある。見られて平気と思っていたものさえ、茉莉の目線で読むと平気とは言い難いものだらけだった。

「どう？」

「たしかに、怪しいメールが多い。でも、何もしてないんだよな、実際」

「知ってる。鈴木はあと一歩のところでも踏み込めないもんね」

「いや、そんなことはないけど……昔はヤンチャだったよ」

「ヤンチャねえ。でも、それなりに調子に乗ってた時期もあったんじゃない。もしかしてその時が怪しいかも」

たしかに昔そんな時もあった。しかしあのマンションの部屋で二人暮らしを始めてからは、物であれ情報であれ、どんな些細《ささい》なことでも茉莉に隠し通すのは難しいものがあった。

「まあ七年の間には、たしかにちょっとはしゃいじゃってた時期もある」

「だったら、茉莉ちゃんがそれを疑っても仕方なかったかもね」

「そりゃそうだけど、ケータイは……」

「普通の女子ならケータイくらい見るでしょ。現に鈴木だって見てるじゃん。女でもないのに」

「そうだけど。でも実際浮気してなかったし、浮気の証拠となるメールなんてなかったんだから、たとえ茉莉が盗み見をしたことがあったとしても今はもうやらないでしょう」

「ふーん。じゃあさ、鈴木だったら、疑わしいと思ってケータイを見てもどうしても何も見つからなかったらどう思う？」

「どうだろう、状況にもよるけど……。どこかに隠してるか、怪しいものだけ消去してる可能性くらいは考えるかも」

「じゃあ、消されていると疑った場合、どうするかな？」

「うーん……消される前に見る方法を考えてみるかも。でもそれは難しいよ、実際」

「そうでもないでしょう」

「何かいい方法でもある？」

「デジタルツールだったら、やりようなんてあると思うけど」

自分のケータイを開いてみる。電話、メール、アラーム、たまにカメラ機能を利用したことがあるのみで、僕は他の機能を全然活用していない。電子マネーやワンセグテレビなど豊富な機能を一度も起動させたことはない。茉莉のケータイに対してもそうで、唯一使おうとしたマイクロSDカードでのデータ持ち出しもカードスロットの不具合により断念させられた。

「普段あんまり設定なんて見ないもんね」

そう言われて各設定画面をスクロールで見ているうち、一つの機能に目がいった。

転送設定。この機能を使えば受信メールを簡単に別の場所に送ることはできる。茉莉のケータイに転送設定を施《ほどこ》せば、届いた受信メールを僕の指定する任意のメールアドレスにもサーバー経由で届くように設定することが可能だ。わざわざ盗み見などしなくても彼女のケータイに届くすべての受信メールを読むことができる。

「転送設定だよ、そうか、これがあったか」

「茉莉ちゃんのケータイに転送設定しようと思ったでしょ」

「いやまさか」

我ながらあまりにも非道な考えかと思い笑い出しそうになるが、冷静な顔のままの小橋に、茉莉が使っているケータイのキャリアを訊かれた。

「その機種は無理じゃないかな。あそこのはたしかもう現行モデルだと全機種非対応になってたと思う」

「そうか……」

「でも鈴木のケータイには、転送設定機能がまだついてるんじゃない。まあ、自分で確認してみたら」

再度自分のケータイの「自動転送設定」へカーソルを合わせ操作を始めたが、すぐに暗証番号照会でつまずいた。四苦八苦していると小橋が横からディスプレイを覗き込んできて、納得したというふうにうなずいた。女の匂いがする。

「転送設定の暗証番号ね」

「うん。でもどんな番号にしたか思い出せない」

「じゃあ……1234、って入力してみな」

「あっ」

開いた。そういえばこのケータイでオリジナル暗証番号の設定をしたことはなかった。

「転送設定、どうなってる?」

「オン、になってる」

それ以上言葉が出ない。

「どういうことだよ……」

「たとえば私が鈴木にメールを送ったらそのメールは鈴木のケータイと、誰かが登録した転送先の他のメールアドレスへ届く、ってことなんじゃない」

転送設定を施した誰か——茉莉以外には考えられない。

全部見られているのか。いたたまれず電源を切りたくなるも我慢した。初めて目にするメールアドレスをよく見る。

who-nozomisakotoka@……

メールアドレスの綴《つづ》りを読み、声を洩《も》らした。ノゾミサコとか——大学四年の頃、クリスマスパーティーで知り合った女の子二人とかなり親しくなったことがある。それぞれ、名前を矢島希《ノゾミ》と森美彩子《ミサコ》といった。結局二人とは別々に飲みに行ったりしただけで終わったが、その事実はどういうわけか茉莉には伝わったようで、そのことを直接訊かれたことはなかったもののしばらくの間、互いに実家暮らしだったのにもかかわらず外出の際にはどこへ行くにもアリバイを確認させられた。その経緯を話しても、小橋はさして驚きはしなかった。

「怖い怖い、もう気軽に鈴木へメール送れないや。それにしても、いつから設定されていたんだろうね」

本当にその通りだ。僕は口を開けながらただ息を吐く。

「せめて暗証番号くらい変更していれば良かったのにね。工場出荷時設定のままだったんでしょ？　１２３４、って」

今まで、できるだけ秘密はもたないようにしてきた。隠したいことこそ明るみに出してしまうことで、弱みをもたない存在になれると思っていた。しかし、どこまで見られていたのだろう。

「送信メールも転送されてるのかな」

「さすがに送信メールは転送できないでしょ。まあ、茉莉ちゃんが鈴木にケータイ覗かれてるって気づいたら、また地道に盗み見してるかもしれないけど」

まさか盗み見のことも見透かされていたのか。たしかに気づかれているとしか考えられない場面は何度かあった。しかし茉莉を冷静に観察してきたかぎり大丈夫だったはず。送信メールだけはセーフだ。

「転送設定解除して、暗証番号も変えた方がいいのかな……」

「勇気ある？」

まったくもって小橋の言う通りだ。転送設定に僕が気づいた、ということを茉莉に気づかれてしまっては、それからの僕の行動はかなり慎重なものにならざるをえなくなる。設定を解除して不利になるのはどう考えても僕の方だ。監視されているということに気づかぬフリをして僕はこれからも共同生活を営んでゆかねばならない。ケータイというツールに無頓着《むとんちゃく》なはずの僕がこのタイミングでケータイを買い換え暗証番号を難解なものに設定したら、茉莉はすぐにその真意に気づくだろう。

するとと開いたままのケータイがバイブした。バイブを消そうと反射的にサイドキーを強く押してしまったが、そんなことしても何の役にも立たない。「田代」からのメールだ。

〈お疲れぇ☆　明日は何時に来るのぉ？　渡す物もあるし、教えてぉいてくれると助かるょ〜〉

ナース田代の働いている病院へは、明日の夕方に行くことになっている。僕より五歳上、三三歳の田代からのメールは、文面だけ読むと歳下からのメールにも見える。記号やら小さい母音《ぼいん》やら拗音《ようおん》やら余計な表現がいつになく目につく。

「田代さんからのメールだった」

「ああ、あの人。好かれてるもんね、鈴木。そのメールも茉莉ちゃんに読まれてるんだろうね」

「……つまり、秘密を隠す場所がどこにもないってことか」

これでは心の中まで見られていたようなものだ。

「どうやら多くを隠していたのは鈴木の方だったみたいだね」

「そんなことないよ。今までは恥ずかしいことも隠したいことも本当に全然なかったんだ。でもこんなふうに覗かれたら、誰だって隠したくなるでしょ」

「自分が隠したいから茉莉ちゃんも隠してるって思うのかもよ。ケータイは本心を映しちゃうからね」

それではまるで鏡じゃないか。たしかに見てるつもりが見られていたが、見られ続けてきた結果大きな問題は起こらなかった。つまり僕のケータイの中に、見られて困るものなどなかったのだ。

「社有ケータイも私用では使えなくなったしな……」

商品開発部の某先輩社員が、開発中商品の試作品を写真付きで自身のブログ上にアップしたのが最近発覚した。流出の事実がニュースになり、二日前から社の株価もわずかに下がっていた。それを受け昨夜、商品開発部全社員に支給されている社有ケータイのカメラレンズ部分に、ヤスリ掛けが施《ほどこ》された。本人のもつＳＮＳアカウント三つ、ブログアカウント二つ、ショートブログアカウント一つも昨日中にすべて削除されたが、流出した記事の内容自体はネット上で拡散してしまっていた。アカウントによって自己啓発だったり会社への不満だったり夢だったり社会学的考察だったり日記だったりと書き分けをしているようであった。友人や肉親にも言えないようなこともブログにはあからさまに書き連ねていたのだろう。性行為の写真なんかをアップしていないだけましだったかもしれない。更新日時をチェックすればその先輩社員が勤務中も含めて四六時中書き込んでいたことは明らかで、社有ケータイを頻繁に私用で使っていたことも発覚した。過去三年間分の使用記録を洗いざらいにし、私用分の電話料はすべて本人の給料から天引きされ、昨日付けで岡山の閑所《かんしよ》へ異動になったという。

「そうだね。電話ならまだしもメールはサーバーを経由するぶん、その内容までサーバー管理者に見られる可能性もあるし」

「サーバー経由？」

「会社支給のメールアドレスなら会社のサーバーを、個人ケータイのメールだって電話会社のサーバーを経由して届けられるわけだから。転送設定って、要はサーバーに届いたメールを別の宛先にも届けるだけだしね」

「え、その原理でいくと普通に送ったメールも、構造的には転送メールと同じってことになるのか……。何もかも他人の目にさらされるなんて、もう信用できないな、ケータイは」

「あたりまえでしょ。ネットやケータイは外とつながるためにあるんだから、情報が外に出てくのは当然じゃない。それがいやなら馬鹿話も、一々直接会って話すしかない。隠したいことがあるなら、ケータイには何の形跡も残しちゃだめだって」

「ケータイには何も残さない……たしかに。けど、ケータイに頼りきった生活をどうやって変えればいいいんだよ」

　僕がボヤいてから数秒後、小橋が口を開いた。

「でも鈴木ってさ、入社してしばらくは全然ケータイつながらない新人で有名だったじゃん」

「ああ……そんな時期もあったたな」

「社有ケータイがダメだからって個人ケータイにかけてもつながらなかったし」

「自分のケータイもずっと電源切ってたし、そもそもよく家に置き忘れてたからな」

「そうそう、それ聞いた時、みんな引いてたよね」

「そもそも高校卒業までは持ってなくて、大学入学の時に初めて手にして、新しいオモチャに二年間くらい熱中したけどすぐ飽きたな」

「それがビックリだよね。私は中三の頃から与えられてたのに」

「あの時は必要じゃなかったんだよ。それなのに今は、生活必須ツールになっちゃってさ」

「でも、ほんの数年前までは不要だったんでしょ？」

「うん。茉莉との付き合いも安定しちゃってて、新たに女の人脈増やせそうもないとわかったとたんにどうでもよくなった。むしろ、あると不自由だとさえ思った」

「その頃の状態に、戻ってみれば？」

「無理だよ、ケータイがないと不便なことは色々あるよ」

「たとえばどんな？」

「……色々な人の連絡先とか。それに、メールが日記代わりにもなってるから」

「でも鈴木って、記憶するの得意だったよね？　営業回りする時も、ほとんどカーナビ使わないんでしょ？」

「まあ、それはそうだけど」

「私の誕生日は？」

「五月一八日」

「正解。じゃあ國松次長の社有ケータイの番号は？」

「〇八〇三五＊＊……」

「すごい！　正解」

小橋は社有ケータイのアドレス帳で確認しながら驚いていた。

「あの人から電話かかってくると緊張するから、たまたま覚えてただけだよ」

とはいえたしかに僕の記憶力は悪くない。暗記科目だけを頼りに大学受験に合格したともいえるくらいだ。近くのコーナー席でうるさく騒いでいたサラリーマン五人組が席を立ち、店内は急に静かになった。

「そんなに記憶力いいのに、なんでケータイが必要なの？」

「そりゃ……ケータイ使うようになって久しいと、自分の頭に覚えさせる必要もないから、衰えていったんだと思う」

「衰えてると自分で思ってるだけでしょ。そういえば昔色々な飲み会で、ちょっと興味をもった女の子の話したどうでもいいトークの内容とか、鈴木はやたらに覚えてたよね」

「……一時期、それに味をしめて記憶術の特訓に励んでたな」

「ああ、私も鈴木に一度勧められた覚えある。難しくてすぐ諦めたけど」

「あれは奥が深いから。色んな記憶術を試したんだけど、結局は古代ローマ発祥の古典的な方式に落ち着いたんだよ。頭の中に空間をイメージして、覚えたい事柄を象徴するイメージを配置してゆくやり方でさ。営業先でもらう名刺に書かれている名前や電話番号も、いちいち記憶していっては破り捨ててたな。用がある時なんかも会社の固定電話からダイヤルプッシュでかけたりでも十分事足りてたし」

「女の子にウケるため、よくそこまでやったね。それをまた再開してみて、他のことに活かせないの？」

「……そうか、隠したい秘密は物やデータとして残さないようにすればいいのか。たしかに、脳の中に隠しちゃえば、茉莉にも他の誰の目にもさらされることはなくなるか」

　小橋はケータイを手に取りしばらくキー操作を行った後、ポケットにしまった。そして僕のケータイがバイブした。「小橋礼子」からメールが一件届いていた。

〈明日の送別会どうする？　私は迷う。〉

　明日の送別会？　そんなものがあるとは聞いていない。目の前にいる小橋にこのメールの真意を目で問う。

「私からのメールが急に減ったら、私が茉莉ちゃんに怪しまれるでしょう。直接問いただす勇気がないのなら、何にも気づいていないという演技をしないと」

帰りの電車では途中から座ることができた。隣席に座っている同年輩の男がモバイルパソコンを開きUSBメモリーをパソコンにさした後、ブラウザを開き世界的検索エンジン＊＊のサーバー上にあるスカイストレージへ何やらデータを保存していた。「＊＊のアカウントは高度なセキュリティで保護されています」と表示されているが、男は横から見ている僕の視線には全然気づかず、入力したパスワードも指の動きですべてわかってしまった。画面にはIDも表示されている。個人のパソコン内ではなくネットワーク上に保存されたファイルなのだから、僕がその気になればこの横にいる男が保存したばかりのデータの中身を全世界のどこからでも見ることができる。どうしてわざわざ自分から情報を献上してしまうのか。男はまだ僕に見られていることに気づかぬまま、ショートブログに現在自分が乗っている電車の路線名やらおいしいスイーツの感想や誰かへの悪口らしき文などをつらつらと書いては投稿していた。丸見えもいいところだ。なぜ思いついたことや知ったことを、自分一人で抱えていることができないのだろう。もう全世界的に、公的機密から性行為にいたるまですべての秘密をさらけださないと人々は安心できないとでもいうのか。やはり自分の頭の中以外、本当の隠し場所などない。見られる前に見せてしまえばいいくらいに思ってきたが、全部見られているかと思うと、居場所すらどこにもない。

自宅マンションの共同玄関へ着いた時、数日ぶりに郵便受けを開けてみたがチラシが二枚入っているだけだった。部屋に入っても茉莉はまだ戻ってきていなかった。広告業界で働く彼女が金曜の夜に直帰できるわけもないということは理解できる。

帰宅してすぐ、ケータイがバイブしメールを受信した。

〈あ、補足♪　4時過ぎに来てくれると助かるなぁ☆★〉

また「田代」からだった。ため息を吐きながら顔をしかめる。すぐに削除したが、そんなことをしても無駄なことはわかっている。

ともかく、今までなら受信したことも忘れてしまっていたようなメールに、こうしていちいち心を乱されている。三三歳の田代は僕の好みではない。異性としてはどうでもいいような相手と思っているにもかかわらず、僕は茉莉と同棲しているという事実を彼女や他の多くのナースたちにも話してはいなかった。訊かれなかっただけで、嘘をついていたわけではない。しかし、話していないということは、隠していることと同等でもある。とすると茉莉という同棲相手の存在を隠して接している「田代」に対しても、僕は心のどこかで欲望を感じていたということなのか。いやそれはない。結婚へ向け動き始めると同時に、他の色々なものまで削《そ》ぎ落とされてゆくのが嫌なのだ。田代に未練《みれん》はない。ただ、可能性だけは残しておきたいという気持ちはある。なにも可能性まで潰す必要はないだろう。

五分でインスタントラーメンを食べ終え、すぐに押入の中を探した。段ボールの中から取りだしたフランセス・A・イエイツ『記憶術』を数年ぶりに開き、ソファーで再読し始めた。その中で出てくる古代ローマから続く偉大なる術士たちの言葉を借りれば、〈思慮〉に属するものの中で一番必要とされるものは記憶である。紀元前に生きた人々は、あらゆる情報を自分の脳の中に隠す必要があった。そして現在も本当にそうなのだ。

数年ぶりに、頭の中に教会が建てられていく。教会の中は光が射し込まず薄暗い。外に開かれていないので漏れ出る心配もなく安全だ。内部の様々な場所に覚えたい事柄を表象するイメージを配置してゆけば、いかようにも記憶を保持することができる。ケータイの中にあるほとんどの記録やデータは時系列に沿って並べられているためごく簡単に覚えられるだろう。イメージを配置する架空の場所も、実際に僕が記憶術を行使する場所も、明るすぎず暗すぎない方がいい。メソッドにしたがい、僕は部屋の蛍光灯を一段階、暗くした。一から積み上げていった時と違い、かつて身につけていた技を取り戻すのは比較的スムーズにいった。試しに冷蔵庫の中を数秒だけ見て、中の配置を紙に書き出してから照らし合わせてみるとほとんど合っていた。自分のケータイの中のアドレス帳をア行から順に記憶していくのも、昔ほどではないが順調にすすめられた。

記憶術のリハビリに熱中するうち時間の経過を忘れ、ふと気づくと午前〇時をまわっていた。まだ茉莉は帰ってこない。今晩も遅いのか。昨日だけではなく一昨日も遅かった。今朝出かける際には取引先との飲み会があるかもとは言っていたが、ここまで遅くなるとは言っていなかった。渡辺か、それとも小澤氏とでも会っているのか。

そうか、ケータイの盗み見をもっと徹底しなければならないということか。脳をフル回転させ続けていたせいか、これからどうすればいいかが突如明確にわかった。先日はマイクロSDカードでデータを盗もうとしていたが考えてみればその必要はない。茉莉のケータイの中にあるすべてを覚えてしまえばいいのだ。

茉莉を待ちがてら、風呂で半身浴しながら脳を休めた。人間の脳は得た情報を、リラックスしている時に取捨選択、整理する。自然科学を軽んじてはいけない。ヒトの精神が複雑で高尚だというのは嘘で、単純な欲望や防衛本能が絡まりあい捉えどころがなくなっているだけで実際はミもフタもない。

風呂から上がり、タンスから出したスウェットを着かけたところで茉莉が帰宅した。あわてて『記憶術』と、そして自分のケータイを鞄の中に隠した。茉莉の顔はいささか赤かった。ザルである彼女がそうなるとは珍しい。彼女がソファーの上に置いたケータイが気になって仕方がなかった。

「早くお風呂入りなよ、お湯冷めちゃうし。さ、早く」

「そうする。……なんか部屋暗くない？」

茉莉が和室から着替えを持ってきたところで、ソファーに置かれた彼女のケータイがバイブした。一段階暗くしていた蛍光灯の明かりを元に戻そうとしていた僕の目と茉莉の目がサブディスプレイに注がれるのはほぼ同時だったが、ケータイを取る彼女の手の動きは素早かった。振動源に手が自動的に手繰《たぐ》り寄せられるようで、相手が誰か確認することはできなかった。眠そうな表情の茉莉の手だけは別の生物みたいにケータイを操っていてとても不気味だった。部屋を明るくすると、彼女はごく自然な流れでそれを白ジーンズのポケットにしまい、バスルームへ向かった。

諦めかけたがふと思い直し、僕は数分経ってから足音を殺しバスルームへ向かった。さっき届いたメールは、見られたくないものだったのだろうか。フローリングの中廊下のどこへ足を置けば軋《きし》む音を立てずに済むかと気をつけつつ地雷原を行くようにゆっくりと進み、少しだけ開けられている引き戸の隙間から脱衣所の中を覗いた。

湯船に浸《つ》かっているらしく、中は静かだ。曇り戸の向こうに棒状の肌色が浮かんでいるが、あれはバスタブの外に出された茉莉の右腕だろう。彼女は僕に背を向ける形で湯に浸かっているようだ。いつでもここを立ち去れるような無理な中腰姿勢のまま、僕は脱衣所内のあらゆる箇所へ目を這わせる。洗面台、マットレス、体重計、洗濯機の上、ステンレスの網棚――しかし一望しただけでは彼女のケータイは見つからなかった。

網棚の上に、脱いだばかりの白ジーンズと部屋着が置かれていた。さっきまで茉莉が着ていたその他の下着やシャツはすべて洗濯カゴの中へ収まっていた。音を立てぬよう、そして影へ寄り添うようにして僕は脱衣所の中へ右足を踏み入れた。戸枠を摑《つか》んだ左手で身体を支え、伸ばした右手をわずかに膨らんでいる白ジーンズのポケットへ入れる。触り慣れた感触があった。人差し指と中指でつまみ出し、右足を引く瞬間、緊張の汗で貼りついていた足裏が床から剝がれる音が思いの外大きく聞こえた。動揺し重心を低くとると、今度は左膝の関節が大きな音を立てた。曇り戸の向こうにいる茉莉に聞こえただろうか。身体と精神を弛緩《しかん》させている今なら、気づいていない可能性が高い。引き戸の裏へ隠れ中腰の姿勢をとり、抜き取ったピンクゴールドのケータイを見つめる。擦《す》り傷だらけの鏡面に僕の顔が歪んで映っている。ピンクゴールド色の顔の男がこちらを見ているのと目が合い、僕は思わず目をそらす。

電話の発着信履歴とメールをチェックした。受信時刻から確認する限り、今さっき届いたメールは「品女」フォルダの「たなみー」からのものだった。女子校出身の友達からのメールであったことに少し安心しつつも、メインフォルダを下へとスクロールさせていった。渡辺からのメールは見つからない。先日僕が削除した一通をめぐる波紋はないように見える。ともかく送信してくる人物たちの情報をできるだけ記憶し人物関係を整理してゆけば、おのずと犯人は見えてくる。ふたたび風呂場で物音がした。

急いでケータイを白ジーンズの中へ戻そうと再び右足を脱衣所へ踏み入れた時、茉莉がバスタブから出た。僕は硬直し、曇り戸を凝視する。影でもない、肌色をした人形《ひとがた》が立っていたのは数秒で、すぐに風呂椅子へ座った。スポンジで身体を洗う音が聞こえだしたときようやく、僕はゆっくり身体を動かし白ジーンズのポケットへとケータイを戻した。

7

目が覚めた。おぼろな意識の中でも、まだ夜明け前であるということはすぐに察しがつく。寝る前に水を大量に飲んだわけではない。尿意で目を覚まそうなどとは考えていなかったが、自然に脳がケータイのことを考えて目覚めていた。時計の文字盤を確認すると午前三時三二分だった。朝というべきなのか夜というべきなのか。約三時間前にバスルームで行った盗み見も、昨日のことと言っていいのかどうか。とにかく、茉莉が目覚める六時半まで三時間ほどある。

茉莉は反対側を向いて寝ている。僕の枕と茉莉の枕の間に、ピンクゴールドのケータイが置かれていた。それを手に取り開くと、ディスプレイから発せられる光のまぶしさに顔をそむけた瞬間に誰かの気配を感じ、後ろを振り向くと大きな人影があった。あわてて掛布団の中へもぐる。

三時間前から今までの間に「品女」フォルダと「会社」フォルダへメールが各二

通ずつ、新たな電話発着信履歴はなかった。ここ一週間ほどで未登録のケータイ番号四件、固定電話の番号二件と電話のやりとりを行っており、ケータイ番号四件を僕はなんとか記憶する。同様に、送受信していたメールで少しでも怪しいと思えたものに関し、本文、差出人・宛先名、送受信日時を極力記憶するよう努めた。たくさんの人々とやりとりしている膨大な数のメールその一通一通だけでは、何も判断できなかった。渡辺は黒だと思うが、捜査を行うには思い込みを解き白紙の状態で事実に目を向けねばなるまい。すべての情報が頭の中に記憶されなければ、茉莉が誰とどのように浮気しているかという仮説も打ち立てようがない。とりあえず盗み見ている間は記憶し、頭の中にストックした情報を後で解析してゆくしかなかった。「阿部恵子」と先週の土曜夜に行ったらしきカタカナ表記の何かの店、アドレス帳未登録の人物数人と九日前に行っている頻繁なやりとり――膨大な量の情報をいちいち紙にメモしている暇などなく、そのメモ自体が茉莉の目に触れてしまっては終わりだ。デジタルもアナログも関係なく、得た情報を保存できて人の目に触れない場所は、脳の皺《しわ》の中しかないのだ。

頭の中に建てられた教会の薄暗い内部に覚えたい事柄を表象するイメージを配置してゆけば、確実に記憶することができた。語呂合《ごろあ》わせも難しいような数字の羅列に関しても、昔社有車を運転するさいに他車の登録ナンバーを記憶したみたいにまた鍛錬《たんれん》してゆけばいい。

ブラウザの履歴へも目を向けた。先週水曜二二時一八分に都営大江戸線六本木駅からの終電検索をしていたのはいったい何のためだろう。その日は僕も病院との会合で遅かったものの二三時頃には家へ帰り着き、茉莉の帰宅も午前〇時前だった。つまり終電よりだいぶ早い時間の電車に乗ってきたはずで、何のための終電検索だったのかますますわからない。六本木近辺で飲んでいる最中にこれからホテルに誘われることを考慮し検索してみたものの、結局そこまでは至らなかったということか。

茉莉の体勢に変化があった。分析は後回しにしなくてはならない。ディスプレイの時刻表示へ目をやると、すでに午前五時三分だった。なんと一時間半も経っていた。古いものから順に記憶してゆくのに熱中していたからだろうか。首の凝《こ》りや目の疲れにようやく気づいた。三段階表示の電池残量が一ゲージへと減っている。しまった。なにより、いつもなら気にしているはずの茉莉の様子を、全然気にしていなかった。掛布団の中とはいえ、夢中で行っていたキータッチの音も聞こえたかもしれない。ゆっくりと掛布団の中から顔を出すと、寝返りをうった彼女がこちらを向いていた。心臓が波打つ。動けない。そのままの状態で数十秒が経過した頃、茉莉が唐突に寝返りをうち、向こうを向いた。危機は去った。緊張しながら、ケータイを元あった場所になんとか戻す。どっと疲れ眠り込んだ。

「おはよう」

目覚まし時計のアラーム音が聞こえた後、茉莉の声がした。まぶたを開けると、すぐ目前に茉莉の目があった。身動きがとれない。

「お……はよう」

真上にある茉莉の顔をかわすようにしてなんとかベッドから起き上がる。起きる時間だけは、彼女にあわせなければならない。そこが崩れたら、すべてなし崩しになる。

六時五〇分、いつもなら茉莉にあわせ二人で家を出る時間だが僕は探し物があると言って家に残り、ベランダの防水ボックスの中からｉＰｏｄを取りだし鞄に入れた。普段はターミナル駅まで茉莉と一緒に乗っている私鉄に一人で乗り、古いｉＰｏｄの曲を聴くことにする。全八四曲入っている曲目を記憶してしまえば隠し場所に困るこのｉＰｏｄも捨てられる。昔のカセットテープなんかと違ってデジタルデータの集まりでしかないこの中身は、あとでレンタル店でＣＤを借りれば再現可能だ。それにしても、このiPodの曲を聴くと、いつもの通勤車内から陰鬱さが消える。福岡時代の身軽さが思い出されるから、ではない。あの頃の方が今よりあったのだ。たった五年しか経っていなくても今はもう、だいぶなくしてしまっている。

社有車での営業回り中、遅い昼食をとりに午後四時過ぎに葛飾区の中華料理屋へ寄った。男たちがたむろしている店内ですぐにタンタン麺と餃子を頼んだ。料理を待っている間、頭の中の暗い教会へ蓄積していった記憶の数々を、明るみに出してゆく。そしていらなくなった書類の裏に、それらを整理するための表を二つ書き込んでいった。どのコミュニティーの誰がどの曜日のどの時間帯に茉莉へ頻繁に連絡を入れるか、登場する人物たち同士の関係性はどのようなものか。記憶したものを可視化し分析してゆくと、ケータイの小さなディスプレイを見ていた時とは違い様々な法則性や関係性に気づくことができた。平日朝の通勤時間帯か昼食時、そして夜にしかメールを送ってこない人は会社勤めをしているのだろうとわかるが、曜日も時間も関係なく四六時中連絡をよこしてくる「地元」フォルダの「ツッチー」や「JAX」の「狭山ちゃん」といった連中は何なのだろうと思った。フリーターや学生なのだろうか。相手の経済状況や自由にできる時間といったことに関しても思わず注意がいく。分析に熱中してきたところで、ケータイがバイブした。「田代」

からのメールだ。

〈この前は楽しかったょ！　ありがと～ぅ☆　また次も楽しみにしてるからぁ♪〉

この前は楽しかった、と言われても病院で数分立ち話をしただけだ。小さい母音や拗音に無性にイラついた。これを読むであろう茉莉に事情を説明したいが、訊かれない限り説明することもできない。

食事を終え会計を済ませる際、財布の中にあった小銭は覚えていた通りの額で、記憶術向上の成果を実感し力が湧いた。もらったレシートもすぐ店員に返した。どこで何を食べたか胃袋の中身までみすみす知らせることはない。記憶だけを頼りに次の病院へ車を走らせた。信号待ちの折にふと見上げた夕刻の空は雲一つなく澄み切っている。星が見えたと思ったが、一面の空でただ一点という不自然な光の正体はどこかの国が打ち上げた人工衛星である可能性が高い。地上からかろうじて肉眼で捉えられる距離にとどまりながら、その目と耳は上空からこちらを俯瞰《ふかん》しすべてを捉えようとしている。

小橋とは社有ケータイで日中に電話連絡をとり、会社の喫煙室で待ち合わせていた。しかし喫煙室に彼女の姿はなく、かわりに何人かの男たちと一緒に同期女子社員の山本がいた。入るのが一瞬ためらわれた。四月から東京の総務部へ異動となった同期の山本武美とは入社後に僕が半年福岡に配属され東京へ戻ってきてから一年間ほど営業部で一緒に働いていた。待ち合わせをしてまで小橋と会っている様子を、見られたらマズい気がする。小橋には早く来て欲しいが山本がいる時には来て欲しくないと思いながら、煙草で気持ちを落ち着かせる。先輩社員らしき二人が、学生の頃はイケてなかったという話やいまだ素人童貞をこじらせているという話や酒席での大失態の末異動になってしまいそうだという話を、緩急つけながら語っていた。もう本当に、最近は自虐エピソードを面白おかしく語れる素人が増えた。すばやい突っ込みをちょくちょく入れていた山本武美も飽きたらしく、やがて輪から抜け出し僕のところへやってきた。同期のよしみということもありなんとなく二人で煙草を吸いながら近況を訊きあっていると、

「最近、礼ちゃんと仲いいよね。今もひょっとして待ち合わせ?」

意味深な笑みを浮かべながら言われ、僕はあわてて弁明した。仕方なく、同棲している彼女のことで話を聞いてもらっているということを伝えた。

「え、礼ちゃんが恋愛相談に?」

恋愛相談、と言い換えられ一瞬ためらいが生まれるが、僕はとりあえず頷いた。彼女に浮気の疑いがある、というところまでカミングアウトした方が盛り上がるだ

ろうとは思ったが、やはりそこまであからさまに話したくはなかった。

「……自分の恋愛はダメダメなのにね」

山本の呆れたような笑いは、ここにいない小橋への優位性を主張しているのだろうか。

「そうなの？　でも、小橋は話を聞くのがうまいでしょ。女はこうだから、みたいに普通だったら言いがちだけど」

「逆にあの子、人の話聞きすぎなんじゃないの」

言うことを次々逆にとられ、僕は別の人物についての話をしているかのような気になった。

「名古屋で半年間一緒だった時は、同期うちら二人だけでまわりに知り合いとかいなかったから、週二とかで飲みに行って休みの日も遊んだりしてたんだよ。話すとって、まあ仕事の愚痴とか遠距離恋愛のもつれについてとかなわけで」

「山本さんも小橋に相談しなかったの？」

「いやいや、いっつも男に振り回されてばっかで、礼ちゃんは恋愛相談にのるようなキャパないでしょ。名古屋にいた当時もいかに相手にとって自分が負担にならないようにするかばっか優先させてて、会おうと思えば毎週末会えたくせに気遣って一ヶ月に一回くらいしか会わない交際続けてたら結局男の方が東京で他に女作っちゃってさ。この前別れた男の時も、自分で勝手に迷走したあげく突然別れを切り出したみたいだし」

小橋のそんな姿を想像するのは難しかった。小橋と山本の間で過去に男をめぐるトラブルでもあって、山本がやっかんでいる可能性もあるのかもしれない。やがて山本は「自力で考えた方がいいよ」と笑うと、男たちと一緒に喫煙室から出て行った。社有ケータイで小橋に連絡がつかないので私有ケータイの電源を入れるとすぐにケータイがバイブしたがそれは小橋からの着信ではなく、大学サークル時代からの友人本田のメールだった。

〈大変だぞ！　我らが性春の城ブラックチェリー・ジャムが潰れてたっ！　ＢＪ会も開けなくなるなんて悲しいな〉

前置きも何もなく送ってきたメールがこれか。ブラックチェリー・ジャムとは、大学時代に本田と数回足を運んだことのある吉祥寺の風俗店である。すぐ事の重大さに気づきアドレス帳から本田へ電話をかけた。一分弱ほどコールし続けてもつながらない。電話に出られない状況にでもいるのだろう。

〈今電車？〉

送信してすぐ、返事が届いた。

〈吉祥寺のドトールで人待ち中。〉

暇を持て余しているではないか、僕は再度電話をかけた。しかしつながらない。

〈なんで電話に出ないんだよ〉

打ち込んだメールを送ろうとした矢先、本田から先に届いた。

〈なんか用？〉

イラついてすぐ電話をかけたが、またつながらなかった。そこで学生時代の本田を思い出した。どこかの駅で合流する際も、彼はかたくなに電話で互いの現在位置を確認しようとはせず、最後までチマチマとメールでやりとりをする男であった。

送りかけたメールの本文を消し、新たに入力し直した。

〈このケータイ、茉莉から受信メールの転送設定を施されているとわかったので、変なメール送らないように！　風俗関係のネタはもちろん論外！〉

送るとすぐ、返事が来た。

〈了解〜。大変だな〉

また余計なことを書いてくる。再度電話をかけたがやはりつながらず、留守電に吹き込むことにした。

「茉莉が転送で見るって送ったばっかだろ、だから何かを感じさせるニュアンスのメールはやめろ」

なんとか抑えた声でそう言い、電話を切った。小橋が来るまでの間、書いた表の見直しを行うことにする。半時間ほど集中して取り組んでいたところで、小橋に声をかけられた。

「そんなに顔近づけて、何やってんの？」

「ああ、小橋か。表を書いてた」

僕は裏紙に記した表を小橋に見せた。それを目にした小橋は少し驚いた後、険のある声で言った。

「書き出しちゃったら意味ないじゃん……しかもそんな細かい字でびっしりと」

「どういうこと？」

「人に見られないところへ隠したことに意味があるのに」

「何言ってんだよ、書き出したことで、隠されたことが明らかになるんだろ」

「自分には隠したいことがいっぱいあるのに？」

僕は何も言えなかった。

「あのさ……私が記憶術すすめたのは、ケータイに頼らないで生活したらってこと」

「どういうこと？」

「鈴木は茉莉ちゃんからケータイに転送設定されてるよね。おまけにマンションで同棲生活してるから、何かを隠す場所がどこにもないわけでしょ。だから隠したいものは全部頭の中に隠せばいいじゃないかって言いたかったの」

「でも、見落としていることがまだまだいっぱいあるんだよ。捜査の目が粗《あら》かったから、虫めがねの視点で見ないと」

困惑している様子の小橋は僕の肩を軽く叩《たた》いた。

「近すぎるんだって。最近の鈴木はこんな感じだよ」

小橋はそう言うと自分のケータイを目のぎりぎりまで近づけてみせた。大きな勘違いをしていたということか。

「さて、私はこれから彼氏の家へ行くとします」

「ああ、ひとまわりも違うのにうまくやれてんの？」

「そりゃ、彼が何を望んでて何を望んでいないかとか常に考えてるし、ちゃんと相手の気持ちを確認できてるから大丈夫」

小橋はいつになく熱っぽくしゃべり出した。駅で彼女と別れ電車に乗った。四〇代の彼氏……どうしてもあの小澤氏を連想してしまう。それにしてもさっきの小橋が見せた様子に違和感が残っていた。同期の山本から聞かされた別の小橋像が少しだけ実体をもった。

8

入社一年一ヶ月目で出社しなくなった後輩の穴埋めとして午前中からずっと松戸エリアをまわらされた後、六号線で東京方面へと向かっていた。高速道路くらいしか抜け道のない道路は、混雑がひどい。時速四〇キロペースで進んではすぐ信号につかまるという繰り返しだ。それでもカーオーディオのラインイン端子につないだ古いｉＰｏｄを再生させているせいか、あの女と親しくしていた福岡時代の感覚が甦り、いくらかストレスも軽減されていた。全八四曲の曲目はたった二日でとうに記憶できたというのに、まだ捨てられずにいる。やがてトンネルに入った。さして長くもないトンネルだが、入ったばかりのところで列の動きは止まり、僕もサイドブレーキを引いた。

節電でもしているのか、いくら短いとはいえトンネル内はかなり暗い状態で、瞳《どう》孔《こう》が開いてゆくのがわかる。だいぶ先にあるトンネル出口の小さな光、そこへ向かう車の列、そこから来る車の列、一つ置きにしか点灯されていないオレンジ色の照明、コンクリートの壁――あらゆる構造物へ視線を這わせているうち、暗いトンネルの中はあの教会の中へと変化してゆく。

どこにしまったか忘れてしまった記憶を、探し当てられそうな気がする。そんな予感の中、中央の通路をゆっくりと歩く。左端、前から二番目の椅子に目を向けると、ピンクゴールドのケータイの外観が不意にたちあがった。すると僕はそれを頭の中で全方位的に回転させることができるようになる。ふと、電源アダプター差し込み口についている細かな線傷にフォーカスが合った。家で充電する時はスタンド式専用充電器に差し込んでいるためこのような傷はつかない。外出先のどこかで、茉莉は社外品の汎用充電器を用いているということになる。やはりホテルか。実際に目にした時には特に気にもとめなかった線傷を、僕の脳は情報としてストックしていた。暗い教会内の別の置き場所を探る。求めているものに近づいているという感触だけがある。

祭壇にまで辿り着く。しかしそこにあったのは別の記憶で、諦めかけ天を仰ぐと、フレスコ画が目に入った。その時、断片が、そして全体がいきなり頭の中に甦った。〈でしょ。〉向こうの立場に立ってみるか…たしかにね。〉

視覚的像として、あのメール文があざやかに再現された。文頭から三点リーダーまで、あの日渡辺から茉莉へ送られそして僕が消してしまったメールに間違いない。やはりちゃんと見ていたのだ。赤信号でサイドブレーキを引き小橋の社有ケータイへかけたがつながらず、会いたい旨を留守電に入れた。

帰社しすぐオンライン社内ネットワークにアクセスし、日報の執筆に取りかかる。部長の交代とともに四月から個々人の業務のさらなる可視化を求められるようになり、以前なら三行で済ませていた日報も一五行以上書かなければならなくなった。ルーティン営業の日々で、これ以上何を可視化できるのかもう行き詰まっている。既にアップされていた他支部の社員たちの日報を切り貼りしてなんとか規定行数を埋めた。近くの席では入社したての男が江波女史から、メモをとらないことを怒られていた。すぐに忘れるんだから記録しておきなさい。記録するから記憶できない、とは考えないのだろうか。

向かった社屋23階の喫煙室に、小橋はまだいなかった。社有ケータイで電話をかけて数十秒後、彼女は電話に出た。ちょうど新橋駅に着いたばかりで、これから社屋に戻るという。彼女を待ちがてら、ガラスの壁にもたれかかりなんとなくケータイを操作した。アドレス帳を開き「佐藤茉莉」にカーソルを合わせてみると、生年月日や実家住所、血液型まで表示された。

　結婚。かつての彼女は強くそれを望んでいたようだ。いつの間にかその願望は僕の方が受け取り、彼女は今や結婚のことなど忘れたかのように見える。一方こちらは隠し場所がないのは部屋の中だけでなく、ケータイの中さえ全面可視化されている。情報公開は結局個人の方ばかり強要されるものなのか。どこかに光の届かない空間が欲しい。もし仮に結婚までこぎつけたとして、こんな生活を一生続けるなんて不可能だと思った。奇妙な均衡を保っている今の関係性を崩すことでしか、活路は開けないのかもしれない、と考えているうちに小橋がやって来た。

「オッサン彼氏とはうまくやってんの？　部署変わってから仕事忙しいみたいだけど」

「互いに忙しいと、飽きたり喧嘩《けんか》したりする暇もないから。鈴木はその後どう？」

「相変わらず、という感じで。盗み見してもわからないことだらけだし、そもそも最近茉莉がこっちの行動把握しているみたいに思えるんだよね。ずっと見られているというか」

「まあ会社だって駅だって監視カメラだらけだしね。で、留守電では興奮気味だったけど、なんかあったの？」

「渡辺が茉莉に送ってきたメールを、映像記憶として思い出したんだよ。『でしょ。＞向こうの立場に立ってみるか…たしかにね。』、と書いてあった。ただ、その一文だけで前後の文脈がないから、どうとでもとれるけど」

小橋は僕がメモ帳に書き出した渡辺のメールへ目をやり、煙草を吸いながらブラインドへ向きなにやら思索していた。

「その記憶とやらが本当だったとして……とりようなんて一つしかないでしょ」

「え、そう?」

「でしょ、のあとは引用だよ。渡辺って人が書いているのは『でしょ』だけ。向こうの立場に立ってみれば、というアドバイスをされた茉莉ちゃんが『たしかにね』って返して、その返信なんじゃない」

つまり渡辺が茉莉の相談にのっているということか。

「茉莉も……誰か相手の立場に立とうとしているってことなのかな。誰の立場なんだろう」

「誰だと思う?」

「あいつ交友関係広いからな」

そういえば何通か、友人関係のもつれを感じさせるようなメールがあったように思う。親友であるらしき「阿部恵子」からのメールが以前と較べ最近は半分ほどに減っていた。女同士の喧嘩か。しかし女同士の喧嘩を異性に相談するだろうか。

「鈴木は誰かに相手の立場に立ってみたら、なんてアドバイスしたことはない？」

そう言われてみると、自分も誰かにそんなことを過去にアドバイスしたような気もしてくる。もしそんなことを言うとしたら、相手はおそらく女だろう。同性相手にそんな親身に相談にのることなどない。

「恋愛相談受けた時なら、そんなこと言いそうだな」

「なるほどね。鈴木も女の子の恋愛相談にのることなんてあったんだ」

「そりゃあるよ。そもそも茉莉と付き合ったきっかけは、あいつの恋愛相談にのったことだし」

「そうだったっけ？」

「そうそう。元カレのタカさんと茉莉がまだ付き合ってた頃で、タカさんってのは今は小澤氏って茉莉は呼んでるんだけど、飲み会の最中にポロっと漏らしてくれた恋愛の愚痴をきっかけに、それ以後しつこく飲みに誘ったもんだよ。敵は当時三〇歳近くだったから、苦労したよ」

話しながら、当時の感覚をわりとはっきりと思い出す。一年前や五年前のことより、出会ったばかりの七年前の方が鮮明なまま僕の中に残っていた。

「そんな三〇男から、どうやって茉莉ちゃんを奪ったの？」

「とにかく飲みに誘って、話を聞いたな」

「鈴木が人の話を聞くなんて、珍しい」

「小橋にはいつも話を聞いてもらっているけど、聞く時は聞くんだよ」

言われてみればもう随分、茉莉の話をちゃんとは聞いてこなかったような気もする。

「目的遂行のためなら、聞きたくない話や興味のない話も我慢して聞けるんだと思うよ」

「嘘でしょ。盛り上がってる時は興味津々《しんしん》に聞いてたくせに」

「……たしかに。聞くに堪《た》えないような話でも、興味のある異性が相手だと、全部肯定できちゃうんだよ。茉莉の反応も悪くなかったからね。かといって例の元カレの悪口をこっちから言うのもあからさまだから、とりあえず表面上は建設的なことを言いつつ、全体の流れとしては茉莉がその男のことを悪く思うように誘導してたのかも」

ふと、僕の身体に当時の自分と今の小橋が憑依したような感覚に陥った。

「どういうふうに誘導していったの？」

「こっちの思いやりをアピールしていったのかな……それこそ、元カレの気持ちも考えてみたら、なんて言ったりして」

「ふーん。なんだ、鈴木もけっこう上手じゃん」

鈴木も、けっこう上手。小橋が軽く口にした褒《ほ》め言葉が頭の中でリフレインする。

「その時、茉莉ちゃんはどんな愚痴を言ってたの？」

「色々言ってたな。とにかく、相手が何考えてるかわからないとか言ってた気がする。別れてからは今も馬鹿みたいにメール送ってくるくせに、付き合っている当時の小澤氏はとにかく何もしゃべらないとか嘆いてた」

「鈴木はどんなアドバイスしたの？」

「ええっと……男は付き合ってる女には心配させたくないから何もしゃべらないもんだから、相手が何を考えているかわからない時は、相手の立場に立ってみればいいんじゃない、とかさ、何か適当なことを言ったな」

相手の立場に立って――。どうやら自分を除外して考えていた。

「相手って、つまり……」

相手とは僕のことだ。僕のうろたえを見た小橋が笑っている。

「そんなふうにして付き合いだした二人の関係はその当時、どんなだったの？」

「え……そうだな、茉莉はサークルに入りたての一年生だったから、二つ下だったわけ。そう言えば付き合うようになってからも、鈴木さん、って呼ばれてたな」

「鈴木さん、ねえ」

「たった二学年の違いでも最初は先輩、後輩やってたな。でも途中からさすがにさんづけでは呼ばれなくなったけどね」

「今はなんて呼ばれてるの？」

「いや、そもそも名前で呼ばれなくなったんだよね。ねえとか、ほら、みたいな感じで」

「いつから呼ばれなくなったの？」

「いつからかな……」

何かきっかけはあったろうか。ノゾミサコの二人と羽目を外して以降とか……。

「鈴木は茉莉ちゃんを元カレから奪って付き合い始めてから、何か変わったと思う？」

「うーん、どうだろう……付き合いだすとどうしても口説いていた時のようには茉莉の話を聞かなくなったかも」

「鈴木も最初は茉莉ちゃんの言うことに何でも共感してあげてたんでしょ」

「共感か。今だって何でも茉莉の言うとおりにしてあげてるよ」

「それは面倒だからでしょ」

「でもどっちかが話をあわせないと続かないでしょ。小橋はどうなの？」

「私のことはいいの。問題は鈴木以外の男が茉莉ちゃんにたっぷり共感してあげてるってことじゃない」

「やっぱそうなのかな」

「七年前、茉莉ちゃんの話を聞いていた鈴木は内心どう思ってたの？」

「下心があった」

渡辺はやはり、下心で茉莉の恋愛相談にのっている。今の渡辺は昔の僕で、昔の小澤氏が今の僕だ。

「やっぱり茉莉は浮気しているってことか」

「そうかな」

「でも、渡辺健太から届いたメールのことを、茉莉はずっと黙っているんだよ」

「ただのアドバイスかもよ。だって現に鈴木だって茉莉ちゃんに直接訊けば済む話を、わざわざ私に話しているわけじゃない」

「たしかに、そうだけど……。どうすれば真実がわかるんだ」

「本人に直接そのことを訊いてみようとは思わないの？」

「茉莉が本当のことを言うわけないよ」

「なんでそう決まってるのかな。鈴木が茉莉ちゃんを信じていないからそう思うだけでしょ」

「そんなことはないよ」

「信じてたら、渡辺って人からメールが届いても疑わないと思うけど」

反論しかけたが一瞬何も言葉が出てこなかった。

「……でも、平穏な同棲生活の中で、いきなり変な男からのメールが届いてそれを隠されたら、疑うでしょう」

「平穏ねえ」

小橋は煙草をふかす。こんな冷静な小橋が男で苦労しているというのか。

「渡辺って人からのメールがすべての始まりみたいに鈴木は言ってるよね。じゃあそのメールを目にする以前の生活はどうだったのかな」

渡辺からのメールを目にしたあの日、僕はいつもより二時間以上早く帰宅した。しかし、帰りが遅いと見当をつけていた茉莉は僕よりさらに早く帰宅していた。

「ここ一年ほどで、茉莉の帰宅が遅い日や、休日に別行動をとることが増えたな、と思ったりするようにはなった」

「渡辺って人からのメールをその日目にしていなかったら、今頃どうなっていたと思う？」

「どうって？」

「茉莉ちゃんの帰りが遅いこととかさ、そういうことで疑ったりしなかったのかなあ、と思って」

「まあ全然疑わなかったって言ったら嘘になるかもしれないけど、あんなはっきりとした証拠がないと……」

「でも、帰りが遅いこととかは気になるわけでしょう。それは本人には問い質《ただ》さないわけ？」

「それはしないね。だって基本的には信頼しているわけだから」

「じゃあ調べるしかないかもね」

「まあね。興信所で調べてもらうわけにもいかないし」

結局思いつくのは……ケータイを盗み見ることくらいか。

渡辺からのメールを目にしていなかったとしても、僕は心の底では茉莉を疑っていて、自然とケータイの盗み見を始めていたかもしれないということになる。ピンクゴールドのケータイを前にした際、手が勝手に反応してしまうあの感覚。疑う心より先に、身体はダイレクトに反応してしまった。

「直接訊くのがいやだったら、メールを自動転送にしたりケータイ盗み見をしたり、そうやって全部間接的にコミュニケーションし合ってるのがいいのかもね」

「転送は嫌だよ、小橋だって嫌でしょ」

「私だったら即別れるよ。だってそんなことする時点で絶対信頼できないじゃん」

「えっ、でも相手の立場に立ったら、転送させる側の気持ちもわかるんじゃ……」

「いつも相手の立場に立って気持ちを推し量ってたら、何もできないし身動きとれなくなるよ」

これまでと違う話の流れに戸惑った。いつも相手のことばかり気遣うというのは、山本武美が小橋について言っていたことだ。

「それに鈴木が推し量ってるのは相手じゃなくて自分の気持ちだしね。で、鈴木はどうしたいの？」

「……結局なんで転送設定を施したかを、茉莉本人に訊くしかないのかな。渡辺のことも」

そのシミュレーションは実はもう何度も行っていた。しかし茉莉がどう反応するかは想像しきれなかったし、いざ実行となるとその勇気もない。

「帰ったら転送設定切ってみようかな」

「え、今やればいいじゃん」

「いや、帰ってからやるよ」

と言ってケータイを取り出そうとしたら、それは同じポケットに入れていたｉＰｏｄだった。僕は既に一昨日の時点で、八四曲の曲目を完全に記憶している。レンタル店でＣＤを借り、すべて九分の一のレートでデジタルデータを圧縮し取り込んでゆけば、五年前に作ってもらったのとまったく同じ中身ができあがる。それでも僕は物としてのｉＰｏｄを捨てる気になれなかった。元カノからもらった本革の財布は燃えないゴミの袋にいれ、出勤時に茉莉の目の前で捨てた。一方、茉莉は元カレである小澤氏からのメールを自分のケータイに残したままで、あやふやな関係である渡辺からのメールは隠している。僕は誰ともつながっていないこのｉＰｏｄを、結婚生活を迎えるのであればますます捨てられないと思った。今さら福岡時代の女と懇《ねんご》ろになれる見込みはない。だが可能性はある。億万長者になれる見込みはないが可能性はあるだろう。このｉＰｏｄには思い出も未練もないが、ただ可能性だけがある。捨てて決別するのは容易《たやす》いからこそ、それを大事に持ち続けたい。小橋は窓に寄り、下ろされたブラインドの紐《ひも》を手癖のようにしばらく握っていて、やがて少し引っ張った。ブラインドが開き、夜だというのに窓の外から明るい光が喫煙室内に差し込んできた。僕も窓へ寄った。23階の高さから見る新橋の街並みの明るさに驚く。同じ高さほどのビルの無数の窓からも明かりが漏れ、よく目を凝らすと人の姿やデスクまでかすかに見えたりもする。

ｉＰｏｄをポケットへしまい、かわりにケータイを抜き取り開いた。狭く暗いところで見ていたディスプレイも、明るいところで見ると中で起こっている世界が頼りないものに見えた。すると、転送設定を切ってもたいしたことはないと思えてきた。

「やっぱ今やるよ」

自分だけに聞こえるようにつぶやくと、僕は窓際に立ったままメール設定画面を操作し、受信メールの自動転送設定を解除した。直後に不安になり、再度転送設定をオンにし直そうかとも思ったがなんとかそれをこらえ、ケータイを鞄の中に戻した。小橋が、その一部始終を見て笑っていた。

これで、茉莉の設定した転送先のアドレスに、メールは転送されなくなる。そしてその事実のもつ意味合いは大きい。これまでの水面下での探りあいを、共に認めることになる。

「じゃあまた。あ、明後日からセミナーで九州方面に行くから」

「そのあいだオッサン彼氏にも会えないんだね」

「ちょうどいい距離感になるかも」

小橋はさらっと言って、笑った。

一一時過ぎに帰り着いたマンションのエントランスで郵便受けを確認していると共同玄関の自動ドアが開き、会釈しかけた僕の前に現れたのは茉莉だった。

「こんばんは」

ふざけ気味に口にした茉莉は笑顔で、僕が手にしている郵便物の束を一瞥《いちべつ》してからエレベーターのボタンを押しに行った。9階から下りてきたエレベーターに乗り、5階に着くまでの間、狭い空間で二人とも黙っていた。茉莉が黙っている理由がわからなかった。いくらでも裏読みができる。転送設定を解除したことにもう気づいたか？　でもそれはないはずだ。僕のケータイに届くメールなど一日に五〜六件ほどだ。ここ数時間のうちにメールが届かなかったとしても不自然ではないし、なによりも彼女は会社のＰＣで転送メールを読んでいる可能性が高い。気づくとすれば、朝だ。明日の朝ではなく、明後日の朝が確実だろう。部屋に戻りテレビをつけても僕は口がきけなかった。

二日後の朝に転送設定の解除に茉莉が気づけば、確実に二人の関係に変化が訪れる。高層ビルの23階にいた時と違い、臆した気持ちが頭をもたげてきて思わずまた自分のケータイに転送設定を施そうとしかけたが、なんとか思い留まった。

9

日中の業務を終えた後、九時過ぎまで取引先との会合に参加させられ、いったん帰社し残りの仕事を片付けた時点で一〇時前だった。社有ケータイをデスクの引き出しにしまい喫煙室へ足をのばしかけたが小橋の出張を思い出し、そのまま退社した。

金曜の夜、茉莉の帰宅も遅いだろうと予想される。ｉＰｏｄの音楽を聴きながらもうすぐ自宅の最寄り駅に着くが、午後一一時前というこの時間、茉莉からは何の連絡もない。僕の方からも何の連絡も入れていない、ということに気づいたところで駅へ着き、外に出ると小雨が降っていた。

転送設定を切った夜から数えて二日後の夜である。今朝、会社のＰＣでノゾミサコというアドレスのウェブメールを確認してみて、メールが一通も転送されていないことから僕が転送設定を切ったことを確信したであろう茉莉はどう思ったか。そしてどう切り出してくるか。

マンションへ帰り着き部屋のドアを開けると、バスルームとトイレに面した短い中廊下に光がさしていた。玄関には小ぶりなパンプスが置かれている。先に茉莉が帰ってきていた。腕時計で確認しても、午後一一時を回ったばかりだ。最近の茉莉にしては早い。あわてて耳からイヤフォンを抜き、ｉＰｏｄ本体ごとスーツの左ポケットへしまい居間まで数歩歩くと、ソファーに座っている茉莉がこちらを見ていた。

「ただいま」

「おかえり」

彼女の方から微笑みかけてくる。この笑顔の意味は何だ。居間へ入ってすぐ左手に位置する台所では、換気扇の稼働音とともに一つの鍋が火にかけられていた。

「帰り、早かったんだね」

「ついさっき帰ってきたばっかだよ」

たったそれだけの言葉を交わしただけなのに、間合いをとるかのように僕は間続きの和室へ行き部屋着に着替えながら次の手を考えた。笑顔にだまされてはいけない。茉莉が転送設定の解除に気づいていないはずがない。だが気づかない可能性もあるかもしれない。転送設定先であったはずのPCメールのアカウントも、どれほどの頻度でチェックしているのかはわからない。着替え終えてしまった僕がソファーに座るのと入れ替わりに茉莉は立ち上がり、台所へ立った。

「ミネストローネ、火にかけたばかりだからあと三〇分くらいはかかるけど。先にお風呂入ったら?」

この時間に、ミネストローネ——どういうことだ。平日の夕飯はたいてい外の軽食で済ませてくる茉莉が、とくだん早い時間に帰ってきたわけでもないのに夕飯を作っている。それにミネストローネは僕の好物で、彼女も昔はよく作ってくれたがもう久しく口にしていなかった。

「火は見ておくから、茉莉が先に入っちゃいなよ」

「わかった、そうする」

茉莉が和室へ着替えを取りに行った直後、湯沸かし完了の通知音が鳴った。風呂を自動で沸かすのには二〇分ほどかかる。料理の支度をするのも含めて、茉莉は遅くとも一〇時四〇分頃までには帰宅していたということだろうか。転送設定解除の事実に何かを感じ取った彼女が早く帰宅したということもありうる。何かを隠すつもりか、攻めるつもりか。異様な緊張感を覚え始めていた。話し合うのが最良の選択なのだとはわかる。だが、一体何から話したらいいのかわからない。彼女の様子がいつもと異なるのは何に起因しているのか。転送設定を切ったことに気づいた、という僕の想定内の理由だけでは説明がつかない気もする。ひょっとして、ケータイ盗み見の事実も見透かされたのか。

落ち着かないまま二人がけのソファーに座ろうとした時、背中に固い感触があった。見ると、左側の背面と座面のクッションの隙間にピンクゴールドのケータイが挟まっていた。ここ二ヶ月強の習慣で盗み見しかけたがやめ、背中に固い感触を覚えながらテレビを観た。普段あまり観ない時間帯のテレビは、どの民放局でも芸能人たちによる自虐合戦かお馬鹿披露《ひろう》が行われていた。そのうちの一つのクイズ番組では、いつだか見た時は頓珍漢な解答をし周りから笑われ不機嫌顔だった女優も、出された問題に間違えてはニヤニヤ笑っていた。周りにあわせて馬鹿アピールを始めた彼女はとても楽そうにも見えた。隠すよりかはさらけ出してしまった方がやはり楽なのだろう。だが観せられる方は苦痛だ。ＣＭに切り替わり女性シンガーの歌声が流れてきたところで、僕はソファーから立ち上がった。

ｉＰｏｄだ。転送設定を切った事実だけでなくあれに気づいて、今日の茉莉は様子が違っているのかもしれない。和室に掛けてあるスーツのポケットからｉＰｏｄ

を抜き、どこへ隠そうかと歩きながら考える。

するると、どこからかくぐもった低音が聞こえてきた。ソファーへ近寄ると、茉莉のケータイがバイブしている。iPodをスウェットの右ポケットへとりあえずしまい、ケータイのサブディスプレイに目をやった。

……co.jp〈渡辺　健太〉

厄介《やっかい》な名前を目にしてしまった。

ケータイを手に取ったまま立ち上がると、ボディーの鏡面に自分の顔が映っている。ピンクゴールド色の顔は横へ引き延ばされて歪《ゆが》み、その表情からは何を考えているのか読み取れない。

茉莉は、何を考えているのだろう。金曜にしては不自然に早い茉莉の帰宅時間、そして渡辺からのメールの受信。珍しいその二つの交差を引き起こしたのは、僕なのだろうか。転送設定を切られたことについて茉莉は渡辺に報告し、彼はそれに対してアドバイスでもしてきたのか。

居間と和室を行き来しながら、メールを開こうか迷う。「新着メール1件」と表示されているメインディスプレイ上の均衡も、センターキーの一つでも押せば一瞬で崩れる。押してしまえば、開いたメールを削除するか、残した状態で茉莉につきつけるかのどちらかしか選択肢はなくなる。

突然、中廊下からこちらへと向かってくる足音に気づいた。

ケータイを戻すためソファーへ駆け戻ろうとするも遅く、開かれようとしているドアを目にした僕はピンクゴールドのケータイをスウェットの左ポケットへ押し込み、掃き出し窓から夜の空模様をうかがっているふりをした。茉莉はそのまま台所へ入った。今だ。

「火、弱めてくれててもよかったでしょ」

「ああ、ごめん」

換気扇の稼働音と重なった声に僕は大きめの声で返事をし、隙を見計らいケータイを元の場所へ戻そうと思ったところで茉莉が台所から出てきてソファーに腰掛けた。僕も掛時計を目にしつつ、何事もなかったかのように隣へ腰掛けた。茉莉の入浴時間はたった一五分だった。短いだけでも珍しいが、彼女は音を立てず不意打ちのようにリビングへ戻ってきた。

茉莉のケータイを、戻すに戻せない。今すぐにでもまた台所へ立ってくれないか。何を言えばそういう状況にもっていけるか。

「あれー、ケータイが……ないな」

機を失った。

「風呂場に置いてきたんじゃないの？」

「いや、ソファーの上に置いといたんだけど」

茉莉が立ち上がり、僕も立ち上がりながらどさくさにまぎれて座面クッションと背面クッションの隙間に茉莉のケータイをねじこもうとしたが、彼女が座面へ目を向けているので無理だった。もうソファーには戻せない。

「風呂場見てくるよ」

脱衣所にたどり着いた僕がどこへ置いておくのが自然かと考えていると、すぐ茉莉がやってきた。ふくらんでいる両ポケットが彼女の視界に入らないような不自然な体勢をとってしまう。

「あった？」

「ないよ、ここにも」

また一つ、隠し場所が減った。和室から玄関へと狭いマンションの中をうろつくが移動するたびに、茉莉もあとに続いた。

ついてきている、のか。僕は追い詰められていった。茉莉から逃れるように台所へ立つも出入口を茉莉にふさがれ、煮たっているミネストローネの火をとりあえず消した。

「見つからないね。まあ、気分を変えれば思い出すかもよ。とりあえず晩ご飯にしよう」

僕が提案すると茉莉は台所の入口に立ったまま僕の方を向き、手を差し出した。

「ケータイ貸して」

「え？」

「だから、私のケータイにかけてみれば、部屋のどこかでバイブ音が聞こえてくるでしょう」

「ああ……うん、その手があったか」

茉莉がテレビの電源を切り、部屋から換気扇以外の音が消えた。台所から出た僕は、鞄の置いてある和室へとゆっくり向かう。ここで自白してもアウト、僕のケータイで茉莉のケータイへ電話をかけ僕の左ポケットからバイブ音が聞こえてきてもアウト、電話をかけられぬよう自分のケータイを二つに折り壊したとしてもその不自然な行為自体が自白と同等であるからアウト——どう転んでもアウトだ。そう悟ってしまっている間にも手は自動的に鞄の中からケータイを取りだし、茉莉へと差し出していた。茉莉が、それを受け取った。

僕のケータイを手にしている茉莉。その姿を目の当たりにしていることが僕を奇妙な気持ちにさせる。外の雨音が、やけに耳についた。

「ありがとね」

僕からケータイを受け取り自分のケータイへ電話をかけるまで、ものの三秒もかからなかった。ずいぶんと扱いに慣れている。

スピーカーから電波受信状況をチェックする音が数秒鳴った。さらに数秒が経過しても鳴らない。そう思った瞬間に呼び出し音が鳴り、わずかに遅れて僕のスウェットの左ポケットが振動した。眉間《みけん》に皺を寄せた茉莉は音を求めて一瞬部屋のあちこちへ耳を傾け——あるいは、僕になにかしらの猶予《ゆうよ》を与えるための演技だったか——すぐに僕の身体へと注意を向けてきた。

「鳴ってるよね?」

「え?」

そう言いながら僕は左手をポケットの中に入れ、ケータイのサイドキーを押しバイブを止めた。

「今、操作したでしょ?」

「してないよ」

僕が強い口調で言うと茉莉は口を開けしばらく唖然《あぜん》とした様子でいたが、

「じゃあもう一度かけるわ」

再び僕のケータイからリダイヤルした。

「トイレ行ってくる」

思わずそう言い、身体が逃げるように動き出した。左ポケットの中のケータイが振動する。バイブ自体は一定であるのにもかかわらず、皮膚で感じるその感覚と音が、僕の中ではどんどん大きくなってゆく。

「鳴ってるよね？」

ドアを開け中廊下へ行きかけたところで茉莉に訊かれ、振り返ると彼女は僕の目と大腿部《だいたい》へ交互に目を向けていた。

「いや聞こえない」

言おうとしたが声がかすれてしまい、途端に気が抜けた。このままトイレに身を隠そうとも思うが茉莉は静かに歩み寄り、僕の左ポケットに手を入れ、ピンクゴールドのケータイを抜き取った。

「ほら」

僕が顔をそむけ、知らんふりしていると、

「これ、私のケータイだよね？」

と、ケータイを目の前にかざす。

「見てないよ」

「見てない？」

しばらく呆気にとられた顔をしていた茉莉だが、突然意味ありげに笑った。

「見たかなんて聞いてないよね。なんで見てないなんて言うの？」

しまったと思ったが、茉莉の言葉に何も反応できなかった。これでは今まで盗み見していたことを自白したようなものだ。だが何かを企んでいるのか、茉莉は何事もなかったかのように渡辺からの新着受信のチェックをすばやく済ませると、二機のケータイをダイニングテーブルの上に置き、台所に立った。

「めしあがれ」

「いただきます」

二人用のダイニングテーブルに向き合う。ミネストローネの深皿にそえられたスプーンを取ると、口に運ぶ。まず何から話すべきか？　僕が盗み見していたことに気づいたはずの茉莉だが野菜をスプーンでかきまぜているだけで、何も話そうとしない。どうやって僕を責めようか思案しているのだろうか。向き合っていればいるほど、気持ちが重くなった。さっきの会合で飲み食いしてきたせいもあり、いっそう食はすすまない。とはいえ、盗み見と転送設定とでは事の重大さが違うだろう。気を取り直し、おそるおそる茉莉にたずねる。

「気づいてた？」

「そりゃ、気づくよ」

茉莉は言うとダイニングテーブルの真ん中に二機置かれているうちの僕のケータイの方へ目を落とした。僕が言葉をさがしていると茉莉の方が口を開く。

「いつ気づいたの？」

そう言った茉莉はまだ僕のシルバーのケータイを見つめている。「いつ」、とは何のことだ。どういう話の展開だ。僕の盗み見を責めたいのならはっきりと言ってくれた方がまだいい。それとも、〝渡辺とメールのやりとりをしていることに「いつ」気づいたのか〟とでも訊いてきているのだろうか。茉莉の出方をうかがっているうちに、再び彼女がつぶやいた。

「絶対に気づくはずないいんだけどなあ」

「誰だって気づくよ。サブディスプレイに渡辺健太なんて名前が出てきたら、心配になるし」

「え、何言ってるの？　私は転送設定のこと言ってるんだけど。私がケータイに転送設定していたこと、気づいたんでしょ？　それなのにどうしてすぐに理由を訊いたりしないわけ？　なんで渡辺さんの話になるの？」

急に怒ったような茉莉の言い方に、さすがにイラついてきた。

「なんで、って。まだ隠すつもり？　時々、渡辺とこそこそやってるだろ。メールのやりとりをわざわざ削除したりとか。証拠隠滅《いんめつ》したり、怪しすぎるだろ」

僕は、ピンクゴールドの携帯を睨《にら》んだ。そもそもそこからすべてが始まったのだ。

「……思ったより、ずいぶん勝手に私のケータイ見てたんだね。ひどい」

茉莉は深く息をはいた。

「いや、見たのはサブディスプレイだけで、中は見てないし」

守勢から一気に転じようと、僕は茉莉がいちばんこたえるだろう核心を口にする。

「というか、渡辺健太と何やってたんだよ？」

茉莉の顔がいっそう白くなり、眉間《みけん》に皺が寄る。

「なんだ、いわゆるそういうことを想像してたんだ、馬鹿みたい。渡辺さんには相談にのってもらっていただけ」

「渡辺に相談って何だよ？　他の男に相談するくらいなら自分の彼氏に聞けよ」

「そっちだって小橋さんとしょっちゅう喫煙室で会ってたみたいじゃない」

「そりゃ、うん、相談くらいするよ。っていうか、そっちこそ転送設定でメール全部読んだりしたうえに、自分は元カレといまだにやりとりしたりとか……常識ないんじゃない」

「それのどこがいけないの、だって元カレだよ？」

「だって元カレだよ、それって、昔付き合ってた人だよ？　いつヨリがもどってもおかしくないだろ」

「昔付き合って別れたんだから、もう付き合わないでしょ」

「じゃあ……なんで元カノからもらった財布は捨てさせたの？」

「だって終わった関係の物を持ち続けているなんて……気持ち悪いじゃない」

「それなら、茉莉も元カレとメールするのやめれば」

「人は物なんかじゃないでしょ。私はただ、人と他愛のない話がしたかっただけ」

「他愛ない話なら元カレとじゃなく今カレとしろよ」

「だって全然しゃべろうとしないじゃない」

「そんなことないよ。訊かれれば話すし」

「それって訊かれなければ何も話さないってことでしょ？　そんな人の気持ちなんて全然わからない。わからないから渡辺さんに相談したんだけど、それも間違いだったかも」

最後は自分に言い聞かせるように、茉莉は小声でつぶやいた。

「相談って……」

茉莉の言葉に、不意をつかれる。渡辺と相談してた。それが事実ならば、この何ヶ月かの盗み見に費やした時間はなんだったのか。

「全然気持ちがわからないの」

茉莉はテーブル上のピンクゴールドのケータイを手に取る。

「ねえ……私のケータイを見て、私のことがわかった？」

茉莉の言葉が心の奥へと響いた。

二人とも黙ると、雨の音が大きくなった気がした。互いに話さぬうちにずいぶんすれ違っていたのだと実感する。まるで知らない人を見るような気持ちで茉莉を見ていると、いきなり彼女が立ち上がった。

「なんだかおかしいよね。金曜の夜にこんな料理作っちゃって。ちょっと考えてみれば、外で飲んでくるのはわかるのにね。無理しないで、残してもいいよ」

茉莉が、沈黙から逃げるように優しく言う。

「いや、食べるし」

「いいよ、無理しなくていいって」

「いや、たしかに取引先の会合で飲み食いさせられたけど、またお腹空いてきたから」

そう答え、冷えたミネストローネを、口いっぱいに運ぶ。スプーンを何度も動かす僕の脳裏には、先刻のナースだらけだった会合の光景が甦っている。今からでも茉莉に話すべきだろうか。何でも話せば、茉莉の言う〝気持ち〟とやらをわかってもらえるのだろうか。迷いながら合コンめいた会合について口にしかけたが、やはり言うのはよした。やましいことがあるからではない。わざわざ言って、彼女の心に波風を立てたくはなかった。

右ポケットに手を入れて、さっきつっこんだｉＰｏｄに触れる。ただこのｉＰｏｄのことは、彼女に言いたくないと思った。けっして彼女のためではなく、自分のために。今さらあの女とどうにかなりたいわけではない。ただこれがあるだけで、自分の可能性が失われていないことを、たしかに確認できたのだ。未来の自分を支えてくれる、ささやかな余白部分。

頭の中にはまったく好みでない音楽が次々と再生されてゆく。冷えたミネストローネをようやく流し込むと皿を洗っている茉莉のところへ持って行く。

「明日、どっか行く？」

そんな音楽に後押しされて、茉莉の背中に話しかけてみた。

「そうだね。どこに行こうか」

「どこか行きたいところはないの？」

思えば茉莉とは、花見に行ったきりだった。

「言い出しっぺの人がきめるんじゃない」

茉莉の声が少しだけ弾んでいるのがわかる。

「訊けばわかると思ってさ」

ふきんをとって隣に並び、茉莉の顔をのぞきこむ。

「訊けば、本当のこと答えると思う」

茉莉がふざけたようにくすくす笑う。

その言葉を聞いたとたん、互いに歩み寄っていたはずなのに、心に一筋の影がさす。なぜだかさっきの茉莉の言葉がリフレインする――私のケータイを見て、私のことがわかった？　――もしあの言葉が、ケータイではなく、他に本当の隠し場所があったという意味だったとしたら。不意に心臓が高鳴ってくる。ということは、ケータイ以外を探ったら、渡辺や小澤氏との真の関係を暴けたということか。

白いふきんを持ち直すと、僕は自分の疑いをぬぐうように二人分の食器をふき始めた。

解説　そして情報は漏れつづける

陣野俊史

この小説は『文藝』二〇一一年冬号に掲載された。単行本は、二〇一二年一月に刊行されている。二〇一一年冬号ということは、この年の秋には人の目に触れる状態だったことになり、とすれば、それ以前、つまり二〇一一年の上半期くらいの時間に書かれたのでは、と推測する。もっと前に書かれた可能性も高いのだが……。むろんこの年は、東日本大震災の年で、文字通り、日本の社会は大揺れに揺れていた。その中で、彼女の携帯電話（以下、「ケータイ」と呼ぶ）にこれだけ執着する若い男の小説を書くというのは、ある意味、強い集中力を必要としたのではないかと思う。みんなが同じ方向を向いているときに、あえてそちらを見ない、というか。

それと、文庫になるとわからなくなることがあって、この小説の単行本についていた帯に、あるデータがグラフ化されていた。「モバゲーリサーチ調べの公開データをもとに図表作成」と但し書きがあって、「恋人（夫や妻を含む）の携帯電話、黙って見たことはある？」という問いに対する答えだ。「ある」男性（20代〜30代）48パーセント、女性（20代〜30代）72パーセント……。この数字をみて、何かを感じ取れ、というほうが無理なのかもしれないし、ええっ、そんなにみんな恋人のケータイを覗いているの？　と半信半疑になる人もいるだろう。やや気になるのは、主人公の恋人「茉莉」が使っている「ピンクゴールド」のケータイが、普通に読む限りにおいて、パッンと畳み込むタイプの、例のガラケーに思えることだ。著者が書いている時点（これは推測でしかないが）が、二〇一一年の上半期だったとすればば、すでにアップルのiPhoneは日本でも販売されているわけで、どうしてこの小説の根幹にあるケータイはガラケーであって、スマホじゃないのか、というところも気にはなるのだ。

アップル社のiPhone4sが二〇一一年十月発売で、このスマホが世界じゅうでバカ売れして以後、圧倒的な勢いでスマホがわれわれの日常に浸食してきたという説を信じるならば、この小説の書かれたタイミングが、スマホの一般化の直前だったということはあるだろう。だから「茉莉」と「僕」のケータイはガラケーなのだ、と一応は言えるのかもしれない。それはそれでガラケー最後の小説として、貴重な文化史的証言の小説のようにも思うのだが、いや、それより何より、私がどうしてこれほどスマホとガラケーの差異にこだわるかといえば、ガラケーとスマホではセキュリティの面で格段に差があるように思うから。スマホだと指紋認証や暗証番号といったセキュリティ確保のためのハードルが高いように思う。ガラケーなら（茉莉のケータイを毎晩チェックし続ける主人公みたいに）簡単にメールを開いたり住所録をチェックしたりできるのかもしれないが、なんてったって、いまはスマホの時代。ひょっとして、こんなに簡単にケータイのコンテンツにアクセスできるのは、小説として隔世の感を読者に与えてしまうんじゃないのか――と、余計な、しかし、どうにもぬぐいがたい心配を抱いてしまうのだ。

そこで、非常勤で教えている大学の、あるクラスでアンケートをしてみた。対象者は約50名。都内の某有名私大。文学部の三年生と四年生。サンプル数が少ないのはご容赦ねがいたい（急なアンケートだったもので）。他人のケータイなど見ません、と（憤然として？）答えた人が、2割。友達の話ですけれど、という前提で、何らかの形で覗き見る、あるいはチェックすると回答した人が、8割。ふーん、意外に多いなぁ。知りたいのは、セキュリティはどうやって突破しているかということ。

指紋認証は？　恋人のスマホに、自分の指紋を登録させているのだそうだ（まあ、指紋の登録を拒否すればそれだけ怪しいというオチにはなるのだろう）。暗証番号が設定してあっても、彼氏ないし彼女が暗証番号を打ちこんでいる姿を横目にしながら暗記するらしい（これはありがち）。つまり、スマホのセキュリティもさして高くはない。親密な関係になればなるほど、セキュリティは確保できない。「茉莉」と「僕」みたいに……。それにしても、学生のアンケートで最も震えたのが次の言葉だった。「今は、恋人のメールとか着信履歴とか見れるアプリがあるらしいですよ。怖。」

ホント、怖い世の中である。

小説の解説らしく、文学の話をしよう。

付き合って七年の若い男女が、互いに隠し事をしないで（あるいは、そう思い込んで）同棲してきて、ふとしたきっかけで男が女の行動に疑いを持ち、猜疑心にかられて、女のケータイを細部まで吟味し（彼女のケータイの「電源アダプター差し込み口についている細かな線傷」を思いだし、家の充電器ではそんな傷がつくはずがないと考え、「やはりホテルか」と彼女の浮気を確信するくだりは、妙な説得力を持っている……)、と思いきや、女のほうがすでに男のケータイに「転送設定」をほどこしていて、男のケータイのメールは、女の指定した転送先のPCにダダ漏れしていた……。と書くと、ごく親密なカップル間の関係性を描いただけの小説のように捉えられるかもしれないが、そうではない。

この二人の間には、隠しごとを隠しておくべき場所がない。ケータイもしかり。すべての情報は漏れつづけている。

このとき、小説の進むべき道は二つ、ある。

ひとつは、隠しごとを隠しておける場所を作ることである。「僕」は、フランセス・A・イエイツの『記憶術』を繙くのだ。このくだり、読んでいて大笑いした。あの、イギリスのネオ・プラトニズム研究者の分厚い書物(邦訳はあります)を参照して、頭の中に神殿を築く。そこに出来た空間に記憶したいモノを配置していく……。この記憶の仕方は「場所法」と呼ばれているのだが、これが単に衒学趣味で小説に導入されているのではなく、隠しごとを隠しておくべき場所として、記憶術が有効活用されているのだから、羽田のマニアックぶりに脱帽したことを正直に告白しておこう。

もうひとつの小説の進むべき道はこうだ。漏れつづけている情報など、どれほど漏れてもいい。そんな情報によって把捉《はそく》できるのは、些末なことにすぎない。つまり、情報として窃視している事柄の無意味さを物語の中で宣言する道である。

茉莉は、最後にこう言うではないか……。「ねえ……私のケータイを見て、私のことがわかった？」

「僕」は答えない。二人の部屋の外では雨が降っていて、その音が大きくなるだけだ。いい場面だけれど、修羅場でもある。もし「僕」が茉莉のことが「わかった」と答えれば、茉莉は、ケータイごときでわかるはずがないと冷笑するだろうし、「わからない」と答えていれば、じゃ、どうしてケータイを窃視し続けたのか、となじるだろう。どちらに転んでも、茉莉の勝ち。そんなことはわかっているから「僕」は答えない。答えないことで、ケータイから漏れている情報が、おそらくは無意味なのだが判断を宙吊りにしておく、という態度に自分をスライドさせている。でもこの態度も一時的なものにすぎず、結局、ケータイ以外に元カレたちと「真の関係」をどこかで保っているじゃないか、との疑心暗鬼が頭をもたげるのだ。男は、揺れる。

このあたりの、揺れる男心が、羽田の真骨頂なのだと思うが（これは、芥川賞受賞作『スクラップ・アンド・ビルド』まで一貫して流れている)、一方で、若い女は存外ドライなので、結局、「僕」を、ケータイを盗み見る情けない男として断罪することになるだろう。覚悟すべし。そういえば、前述した大学生のアンケートの回答にこんなのがあった。「友達の彼氏はケータイを必ず見るそうです。気持ち悪いので別れるようにすすめようと思います」。

(文芸批評)

本書は二〇一二年一月、単行本として小社より刊行されました。
初出……『文藝』二〇一一年冬号

隠《かく》し事《ごと》

二〇一六年 二 月一〇日 初版印刷
二〇一六年 二 月二〇日 初版発行

著 者 羽田《はだ》圭介《けいすけ》
発行者 小野寺優
発行所 株式会社河出書房新社
〒一五一－〇〇五一
東京都渋谷区千駄ヶ谷二－三二－二
電話〇三－三四〇四－八六一一（編集）
〇三－三四〇四－一二〇一（営業）
http://www.kawade.co.jp/

ロゴ・表紙デザイン 粟津潔
本文フォーマット 佐々木暁
本文組版 株式会社キャップス
印刷・製本 中央精版印刷株式会社

Printed in Japan ISBN978-4-309-41437-9

黒冷水

羽田圭介　40765-4

兄の部屋を偏執的にアサる弟と、執拗に監視・報復する兄。出口を失い暴走する憎悪の「黒冷水」。兄弟間の果てしない確執に終わりはあるのか？当時史上最年少十七歳・第四十回文藝賞受賞作！

走ル

羽田圭介　41047-0

授業をさぼってなんとなく自転車で北へ走りはじめ、福島、山形、秋田、青森へ……友人や学校、つきあい始めた彼女にも伝えそびれたまま旅は続く。二十一世紀日本版『オン・ザ・ロード』と激賞された話題作！

不思議の国の男子

羽田圭介　41074-6

年上の彼女を追いかけて、おれは恋の穴に落っこちた……高一の遠藤と高三の彼女のゆがんだＳＳ関係の行方は？　恋もギターもＳＥＸも、ぜーんぶ“エアー”な男子の純愛を描く、各紙誌絶賛の青春小説！

青春デンデケデケデケ

芦原すなお　40352-6

一九六五年の夏休み、ラジオから流れるベンチャーズのギターがぼくを変えた。“やーっぱりロックでなけらいかん”——誰もが通過する青春の輝かしい季節を描いた痛快小説。文藝賞・直木賞受賞。映画化原作。

ひとり日和

青山七恵　41006-7

二十歳の知寿が居候することになったのは、七十一歳の吟子さんの家。奇妙な同居生活の中、知寿はキオスクで働き、恋をし、吟子さんの恋にあてられ、成長していく。選考委員絶賛の第百三十六回芥川賞受賞作！

窓の灯

青山七恵　40866-8

喫茶店で働く私の日課は、向かいの部屋の窓の中を覗くこと。そんな私はやがて夜の街を徘徊するようになり……。『ひとり日和』で芥川賞を受賞した著者のデビュー作／第四十二回文藝賞受賞作。書き下ろし短篇収録！

ドライブイン蒲生

伊藤たかみ　41067-8

客も来ないさびれたドライブインを経営する父。姉は父を嫌い、ヤンキーになる。だが父の死後、姉弟は自分たちの中にも蒲生家の血が流れていることに気づき……ハンパ者一家を描く、芥川賞作家の最高傑作！

ノーライフキング

いとうせいこう　40918-4

小学生の間でブームとなっているゲームソフト「ライフキング」。ある日、そのソフトを巡る不思議な噂が子供たちの情報網を流れ始めた。八八年に発表され、社会現象にもなったあの名作が、新装版で今甦る！

冥土めぐり

鹿島田真希　41338-9

裕福だった過去に執着する傲慢な母と弟。彼らから逃れ結婚した奈津子だが、夫が不治の病になってしまう。だがそれは、奇跡のような幸運だった。車椅子の夫とたどる失われた過去への旅を描く芥川賞受賞作。

福袋

角田光代　41056-2

私たちはだれも、中身のわからない福袋を持たされて、この世に生まれてくるのかもしれない……人は日常生活のどんな瞬間に、思わず自分の心や人生のブラックボックスを開けてしまうのか？　八つの連作小説集。

そこのみにて光輝く

佐藤泰志　41073-9

にがさと痛みの彼方に生の輝きをみつめつづけながら生き急いだ作家・佐藤泰志がのこした唯一の長篇小説にして代表作。青春の夢と残酷を結晶させた伝説的名作が二十年をへて甦る。

引き出しの中のラブレター

新堂冬樹　41089-0

ラジオパーソナリティの真生のもとへ届いた、一通の手紙。それは絶縁し、仲直りをする前に他界した父が彼女に宛てて書いた手紙だった。大ベストセラー『忘れ雪』の著者が贈る、最高の感動作！

空に唄う

白岩玄　41157-6

通夜の最中、新米の坊主の前に現れた、死んだはずの女子大生。自分の目にしか見えない彼女を放っておけない彼は、寺での同居を提案する。だがやがて、彼女に心惹かれて……若き僧侶の成長を描く感動作。

野ブタ。をプロデュース

白岩玄　40927-6

舞台は教室。プロデューサーは俺。イジメられっ子は、人気者になれるのか?!　テレビドラマでも話題になった、あの学校青春小説を文庫化。六十八万部の大ベストセラーの第四十一回文藝賞受賞作。

「悪」と戦う

高橋源一郎　41224-5

少年は、旅立った。サヨウナラ、「世界」——「悪」の手先・ミアちゃんに連れ去られた弟のキイちゃんを救うため、ランちゃんの戦いが、いま、始まる！　単行本未収録小説「魔法学園のリリコ」併録。

琉璃玉の耳輪

津原泰水　尾崎翠〔原案〕　41229-0

３人の娘を探して下さい。手掛かりは、琉璃玉の耳輪を嵌めています——女探偵・岡田明子のもとへ迷い込んだ、奇妙な依頼。原案・尾崎翠、小説・津原泰水。幻の探偵小説がついに刊行！

11　eleven

津原泰水　41284-9

単行本刊行時、各メディアで話題沸騰＆ジャンルを超えた絶賛の声が相次いだ、津原泰水の最高傑作が遂に待望の文庫化！　第２回Twitter文学賞受賞作！

祝福

長嶋有　41269-6

女ごころを書いたら、女子以上！　ダメ男を書いたら、日本一!!　長嶋有が贈る、女主人公５人VS男主人公５人の夢の紅白短篇競演。あの代表作のスピンオフやあの名作短篇など、十篇を収録した充実の一冊。

泣かない女はいない

長嶋有　40865-1

ごめんねといってはいけないと思った。「ごめんね」でも、いってしまった。——恋人・四郎と暮らす睦美に訪れた不意の心変わりとは？　恋をめぐる心のふしぎを描く話題作、待望の文庫化。「センスなし」併録。

リレキショ

中村航　40759-3

“姉さん”に拾われて“半沢良”になった僕。ある日届いた一通の招待状をきっかけに、いつもと少しだけ違う世界がひっそりと動き出す。第三十九回文藝賞受賞作。

夏休み

中村航　40801-9

吉田くんの家出がきっかけで訪れた二組のカップルの危機。僕らのひと夏の旅が辿り着いた場所は——キュートで爽やか、じんわり心にしみる物語。『100回泣くこと』の著者による超人気作。

銃

中村文則　41166-8

昨日、私は拳銃を拾った。これ程美しいものを、他に知らない——いま最も注目されている作家・中村文則のデビュー作が装いも新たについに河出文庫で登場！　単行本未収録小説「火」も併録。

掏《ス》摸《リ》

中村文則　41210-8

天才スリ師に課せられた、あまりに不条理な仕事……失敗すれば、お前を殺す。逃げれば、お前が親しくしている女と子供を殺す。綾野剛氏絶賛！大江賞を受賞し各国で翻訳されたベストセラーが文庫化。

最後のトリック

深水黎一郎　41318-1

ラストに驚愕！　犯人はこの本の《読者全員》！　アイディア料は２億円。スランプ中の作家に、謎の男が「命と引き換えにしても惜しくない」と切実に訴えた、ミステリー界究極のトリックとは⁉

コスモスの影にはいつも誰かが隠れている

藤原新也　41153-8

普通の人々の営むささやかな日常にも心打たれる物語が潜んでいる。それらを丁寧にすくい上げて紡いだ美しく切ない15篇。妻殺し容疑で起訴された友人の話「尾瀬に死す」（ドラマ化）他。著者の最高傑作！

人のセックスを笑うな

山崎ナオコーラ　40814-9

十九歳のオレと三十九歳のユリ。恋とも愛ともつかぬいとしさが、オレを駆り立てた——「思わず嫉妬したくなる程の才能」と選考委員に絶賛された、せつなさ百パーセントの恋愛小説。第四十一回文藝賞受賞作。映画化。

カツラ美容室別室

山崎ナオコーラ　41044-9

こんな感じは、恋の始まりに似ている。しかし、きっと、実際は違う——カツラをかぶった店長・桂孝蔵の美容院で出会った、淳之介とエリの恋と友情、そして様々な人々の交流を描く、各紙誌絶賛の話題作。

美女と野球

リリー・フランキー　40762-3

小説、イラスト、写真、マンガ、俳優と、ジャンルを超えて活躍する著者の最高傑作と名高い、コク深くて笑いに満ちた、愛と哀しみのエッセイ集。「とっても思い入れのある本です」——リリー・フランキー

蹴りたい背中

綿矢りさ　40841-5

ハツとにな川はクラスの余り者同士。ある日ハツは、オリチャンというモデルのファンである彼の部屋に招待されるが……文学史上の事件となった百二十七万部のベストセラー、史上最年少十九歳での芥川賞受賞作。

夢を与える

綿矢りさ　41178-1

その時、私の人生が崩れていく爆音が聞こえた——チャイルドモデルだった美しい少女・夕子。彼女は、母の念願通り大手事務所に入り、ついにブレイクするのだが。夕子の栄光と失墜の果てを描く初の長編。